Chère lectrice,

Ce mois-ci, je suis p[...]
présenter notre nouvell[...]
« La fierté des Corre[...]usqu a novembre, vous
plongerez chaque mois dans l'histoire passionnante de
cette dynastie sicilienne hors du commun. Implacables
hommes d'affaires, ténébreux milliardaires ou héri-
tières insoumises, les Corretti sont aussi fiers qu'irré-
sistibles. Et de Palerme à Syracuse, ils s'apprêtent à
succomber au charme de l'amour et de la passion.

En avril, dans *Conquise par un milliardaire*
(Azur n° 3464), Carol Marinelli nous offre un premier
tome particulièrement romantique. Lorsqu'elle a quitté
son Australie natale pour l'Italie, Ella n'imaginait pas
revenir en Sicile, où sa mère a grandi, et encore moins
entrer au service de la scandaleuse famille des Corretti.
Devenue l'assistante personnelle de Santo Corretti, un
play-boy aussi beau qu'insouciant, elle fera tout pour
résister, aussi longtemps que possible, au désir qu'il lui
inspire. Mais elle pressent que, sous le soleil de Sicile,
personne ne peut résister à Santo Corretti…

Je vous souhaite un excellent mois de lecture !

La responsable de collection

L'orgueil d'un séducteur

MELANIE MILBURNE

L'orgueil d'un séducteur

collection *Azur*

éditions HARLEQUIN

Collection : Azur

Cet ouvrage a été publié en langue anglaise
sous le titre :
DESERVING OF HIS DIAMOND'S ?

ÉDITIONS HARLEQUIN

83-85, boulevard Vincent Auriol, 75646 PARIS CEDEX 13.
Service Lectrices — Tél. : 01 45 82 47 47
www.harlequin.fr

ISBN 978-2-2803-0674-4 — ISSN 0993-4448

1.

Emilio était à Rome, assis à une terrasse de café près de son bureau, lorsqu'il découvrit la vérité. Sa poitrine se comprima douloureusement pendant qu'il lisait l'histoire de ces deux jumelles séparées à la naissance quand l'une d'elle avait été adoptée illégalement. L'article de journal racontait de manière poignante comment elles s'étaient retrouvées tout à fait par hasard, dans un grand magasin de Sydney, à la suite de l'erreur d'une vendeuse qui les avait confondues.

On les avait prises l'une pour l'autre…

Repoussant sa tasse de café, Emilio s'adossa contre sa chaise. Il était sous le choc et avait du mal à respirer. Lui aussi avait confondu, deux ans auparavant, sa fiancée avec une autre.

La fille qu'il avait vue dans la vidéo n'était pas Giselle…

Et lui qui s'était entêté, inflexible, malgré les supplications de Giselle qui protestait en clamant son innocence. Il avait carrément refusé de l'écouter.

Mais il s'était trompé.

Elle avait pleuré, crié, tambouriné sur son torse de ses poings fermés, le visage ruisselant de larmes. Rien n'y avait fait. Il l'avait chassée et avait coupé tout contact avec elle en jurant qu'il ne la reverrait jamais plus.

Il s'était trompé.

Après le scandale provoqué par les images qui avaient

tourné en boucle sur internet, les affaires d'Emilio avaient bien failli péricliter. Il avait dû travailler dur pour remonter la pente, quelquefois jusqu'à vingt heures par jour. Le surmenage et les voyages incessants, avec les effets néfastes du décalage horaire, avaient fragilisé son sommeil. Malgré l'épuisement, il avait souffert d'insomnies et passé parfois des nuits entières sans dormir. Petit à petit, réalisant un projet après l'autre comme un automate, accumulant contrats et engagements, il avait fini par rembourser toutes ses dettes. Aujourd'hui, il engrangeait de nouveau les millions, et sa réussite ne connaissait plus de limites.

Pendant tout ce temps passé à redresser la barre, il avait blâmé Giselle pour les difficultés qu'il traversait. Chaque jour avait renforcé la haine qui le rongeait comme la gangrène. Dès qu'il pensait à elle, la colère l'embrasait, incontrôlable.

Une horrible sensation de culpabilité lui nouait à présent l'estomac. Lui qui s'enorgueillissait de ne jamais commettre d'erreurs de jugement, de toujours viser la perfection s'était, cette fois-là, montré au-dessous de tout.

Il s'était complètement trompé sur Giselle.

Emilio baissa les yeux sur son téléphone. Il avait gardé le numéro de son ex-fiancée dans ses contacts, juste pour se rappeler de ne jamais faire confiance à personne et de ne jamais baisser la garde. Il n'était pas sentimental, toutefois ses doigts tremblaient légèrement lorsqu'il chercha son nom sur l'écran. A la réflexion, il ne lui sembla guère convenable de s'excuser au téléphone. Il se devait de le faire de vive voix. Alors seulement, il pourrait tirer un trait définitif et reprendre le cours de son existence.

Il appela sa secrétaire.

— Carla, annulez tous mes rendez-vous de la semaine

prochaine et trouvez-moi un vol pour Sydney le plus tôt possible. J'ai une affaire urgente à régler là-bas.

Giselle était en train de montrer une robe de baptême brodée à la main à une jeune maman lorsque Emilio Andreoni apparut dans son champ de vision. Immédiatement, sa gorge se serra, et une boule lui noua l'estomac. Malgré le choc, elle eut le temps de se dire que cet homme immense, imposant, semblait bien peu à sa place dans une boutique de puériculture…

Elle avait répété mentalement la scène un nombre incalculable de fois, pour le cas où il surgirait un jour après avoir découvert la vérité sur sa jumelle. Elle avait préparé quelques phrases vindicatives. Dans son for intérieur, elle s'était imaginée débordant de colère et d'amertume. Depuis la séparation cruelle qu'il lui avait imposée, juste quelques jours avant leur mariage, elle le haïssait de tout son être. Jamais elle ne lui pardonnerait son manque total de confiance.

Pourtant, un simple regard suffit à la bouleverser. Elle eut l'impression que le sol se dérobait sous ses pieds tandis que des émotions refoulées resurgissaient brutalement. Un poids douloureux lui comprimait la poitrine. Les yeux noirs d'Emilio la transperçaient comme des poignards. Comment était-il possible de souffrir autant en revoyant quelqu'un ? Quelqu'un qu'on haïssait…

Depuis leur rupture, Giselle avait vu plusieurs fois sa photo dans les journaux, toujours avec un pincement au cœur mais jamais une douleur aussi aiguë. Il était le même, avec sa peau mate et bronzée, son nez droit, son regard sombre et pénétrant, sa mâchoire carrée. Une barbe naissante bleuissait ses joues ; ses cheveux d'un noir de jais, un peu plus longs qu'avant et en désordre, bouclaient légèrement sur le col de sa chemise. Il avait des cernes marqués, probablement à cause d'une nuit agitée avec l'une des innombrables bimbos qui lui couraient après.

— Excusez-moi… dit Giselle à sa cliente. Juste une minute.

Elle alla se planter devant lui.

— Vous cherchez quelque chose ? demanda-t-elle d'une voix sèche et cassante.

Emilio plongea les yeux dans les siens.

— Tu sais très bien pourquoi je suis ici, Giselle.

Sa belle voix grave qui lui avait tant manqué l'enveloppa comme une caresse. Une délicieuse sensation de douceur se logea à la base de sa colonne vertébrale. Mais elle lutta farouchement pour garder le contrôle de ses émotions. Ce n'était pas le moment de lui montrer qu'il l'affectait encore, même si c'était purement physique. Elle devait avoir assez de force pour le persuader que sa défiance ne l'avait pas détruite. Elle voulait aussi le convaincre qu'elle était allée de l'avant et qu'elle avait réussi à s'en sortir. Il ne signifiait plus rien pour elle.

Inspirant profondément, elle redressa le menton et figea un sourire de commande, impersonnel, sur ses lèvres.

— Vous êtes probablement intéressé par notre offre promotionnelle ? Pour un body acheté, le deuxième est à moitié prix. Je peux vous proposer du bleu, du jaune ou du rose. Malheureusement, nous n'avons plus de blanc.

Sans ciller, il continua à la scruter intensément.

— Y a-t-il un endroit où nous pourrions parler tranquillement ?

Giselle redressa les épaules.

— Je suis occupée, répliqua-t-elle en indiquant la jeune femme debout devant le comptoir.

— Tu es libre pour déjeuner ?

Pourquoi la fixait-il ainsi ? Oui, sa fraîcheur et sa

beauté avaient perdu de leur éclat… Et lui qui ne prisait que la perfection, surtout quand il s'agissait des femmes, l'avait forcément remarqué.

— Je ne ferme pas ma boutique à midi. Je fais la journée continue.

Il jeta un regard critique sur le magasin de layette qu'elle avait acheté peu après leur séparation. Giselle était fière de son succès, le seul point positif de sa vie au cours des deux dernières années.

Des amis bien intentionnés, ainsi que sa mère, lui avaient conseillé de revendre son commerce quand on avait appris que Lily ne vivrait pas. Mais elle s'était accrochée à cette activité qui lui permettait, d'une certaine manière, de maintenir des liens avec sa petite fille trop tôt disparue. Ici, en confectionnant chaussons, brassières et couvertures pour bébés, elle continuait à se sentir proche de Lily. Elle n'abandonnerait pas ce qui la rattachait à sa maternité, aussi douloureux que fût ce lien. Personne ne se doutait combien elle souffrait parfois à la vue de nourrissons couchés dans leur landau. Personne ne savait qu'elle dormait la nuit en serrant dans ses bras la jolie couverture qu'elle avait brodée pour Lily, et qui avait enveloppé son petit corps durant les quelques heures qu'elle avait vécu.

Emilio reporta son attention sur elle.

— Eh bien dînons ensemble, alors. Tu ne travailles pas le soir, j'imagine ?

Irritée, Giselle regarda sa cliente partir avec un petit geste d'excuse, probablement découragée par l'insistance d'Emilio. Elle le foudroya avec colère.

— C'est hors de question. Je ne suis pas libre.

— Tu as quelqu'un dans ta vie ?

Elle s'efforça de masquer son trouble. Comment aurait-elle eu envie de s'engager avec un autre homme après ce qu'Emilio lui avait fait ? Elle se demandait souvent si elle en serait jamais capable… Toutefois, elle n'osait pas lui avouer son statut de célibataire. Il n'était probablement pas venu uniquement pour lui présenter des excuses. Elle l'entrevoyait à son regard sombre, magnétique ; elle le devinait dans l'atmosphère, à la façon dont l'air entre eux s'électrisait. D'ailleurs, son propre corps la trahissait, réagissant comme toujours au charme qui émanait de cet homme follement séduisant. Les jambes flageolantes, les sens en éveil, elle repensait involontairement à la merveilleuse intimité physique qu'ils avaient partagée. Emilio lui avait tout appris ; c'était avec lui et lui seul qu'elle était capable de donner et de recevoir du plaisir.

— Cela ne te regarde pas, répliqua-t-elle sur un ton tranchant.

Un muscle tressaillit sur la mâchoire d'Emilio.

— Je sais combien c'est dur pour toi, Giselle. Mais cela l'est aussi pour moi.

— Parce que tu t'es toujours cru infaillible ! Tu n'imaginais pas pouvoir te tromper ! Je t'avais pourtant prévenu.

Immédiatement il se ferma, et son expression se fit lointaine.

— Je ne suis pas très fier de la manière dont je t'ai quittée. Mais tu aurais agi pareil à ma place.

— Non, Emilio. Pas du tout. J'aurais essayé de comprendre pourquoi quelqu'un avait posté cette vidéo et qui apparaissait vraiment à l'image.

— Pour l'amour du ciel, Giselle ! Tu crois que je n'ai pas cherché à élucider la situation ? Tu m'avais dit être fille unique. Tu ne savais même pas toi-même que tu avais une jumelle. Comment aurais-je imaginé une explication aussi extravagante ? J'ai regardé la vidéo et j'ai reconnu ta blondeur, tes yeux gris-bleu, jusqu'à ta façon d'être… J'étais obligé d'y croire.

— Comment as-tu pu imaginer que je puisse avoir tourné dans une telle vidéo ? ! Tu as choisi de ne pas me faire confiance parce que tu ne m'aimais pas assez pour aller au-delà des évidences. Tu ne m'aimais pas du tout, d'ailleurs : tu voulais juste une femme parfaite à promener à ton bras. Dès que les apparences n'ont plus été à la hauteur de tes exigences, je ne t'ai plus été utile. Tu as toujours accordé la priorité à tes affaires.

— J'ai tout mis en suspens pour venir te voir, protesta-t-il d'un air maussade. J'arrive directement de Rome.

— Eh bien tu peux y retourner, lança-t-elle avec mépris en tournant les talons.

Il la rattrapa par le bras.

— Bon Dieu, Giselle !

Son contact la brûla comme un fer rouge. Elle se retourna pour lui faire face. Il était trop près. La chaleur qui se dégageait de lui la troublait, de même que les effluves musqués et citronnés de son eau de toilette. Elle eut brusquement envie de passer la main sur sa joue râpeuse pour sentir sa barbe naissante sous ses doigts. Le dessin de sa bouche finement sculptée la fascinait. Il lui suffisait de fermer les paupières pour se souvenir de ses baisers passionnés…

Giselle interrompit brusquement le cours de sa rêverie pour revenir à la réalité. Cette même bouche l'avait aussi cruellement avilie. Ses oreilles résonnaient encore des mots détestables, haïssables, qu'elle avait prononcés. Elle ne pardonnerait jamais à cet homme d'avoir brisé sa vie. D'un seul coup, à cause de lui, ses rêves d'avenir s'étaient effondrés, et elle s'était retrouvée seule et désespérée.

Ebranlée par ses accusations sans fondement, écorchée vive et ravagée par la douleur, elle s'était traînée jour après jour en se demandant comment retrouver la force de continuer à vivre.

La découverte inattendue de sa grossesse deux mois après son retour à Sydney lui avait finalement redonné une lueur d'espoir. Malheureusement, la deuxième échographie, quelques semaines plus tard, l'avait de nouveau cruellement abattue. Elle s'était même demandé si le ciel ne la punissait pas de n'avoir rien dit à Emilio. Mais ce dernier lui avait formellement interdit de reprendre contact avec lui, et elle n'avait pas osé enfreindre ses ordres.

De toute façon, elle était bien trop en colère à l'époque.

Une envie féroce de châtier son ex la taraudait encore. Un mélange de rage, de haine et de ressentiment formait en elle une boule dure et compacte qui ne se dissoudrait jamais.

— Pourquoi rends-tu les choses plus difficiles qu'elles ne le sont déjà ? demanda-t-il.

Giselle refoula sa colère le plus profondément possible pour la cacher.

— C'est trop facile de débarquer sans crier gare pour débiter sans conviction de vagues excuses. Je ne te pardonnerai jamais, tu m'entends ? Jamais.

— Il ne s'agit pas de cela. Je te demande seulement de te comporter en adulte et d'écouter jusqu'au bout ce que j'ai à te dire.

— Je me conduirai en adulte quand tu cesseras de me traiter comme une enfant désobéissante. Lâche-moi, maintenant !

Les doigts d'Emilio desserrèrent un peu leur étreinte et glissèrent le long de son bras. Giselle frémit lorsqu'il posa le pouce sur son pouls. Percevait-il ses battements saccadés, désordonnés ? Elle s'humecta les lèvres.

Aussitôt, le regard d'Emilio s'assombrit, lourd d'un désir qu'elle reconnaissait trop bien. Par réflexe, comme une réaction viscérale, une étincelle jaillit dans le secret de son corps. Tous les moments d'érotisme sensuel qu'ils avaient vécus ensemble resurgirent à sa mémoire, comme dans un film en accéléré. Ces images provocantes tournaient brusquement en dérision ses pauvres tentatives pour s'immuniser contre le charme d'Emilio Andreoni. Quel espoir avait-elle de résister à cet homme alors qu'un seul regard de lui l'embrasait tout entière ?

— Dîne avec moi ce soir, insista-t-il.

— Je ne suis pas libre, je te l'ai déjà dit, répliqua-t-elle en baissant les yeux.

De son autre main, Emilio lui prit le menton pour l'obliger à relever le visage.

— Je sais que tu mens.

— Quel dommage que tu n'aies pas été aussi perspicace il y a deux ans, remarqua-t-elle avec rancœur en se dégageant.

— Je passerai te prendre à 19 heures. Où habites-tu ?

Une panique sans nom s'empara de Giselle. Emilio ne devait surtout pas pénétrer dans son appartement, son sanctuaire privé, le seul endroit où elle se sentait assez en sécurité pour se laisser aller au chagrin. Et comment expliquerait-elle toutes les photos de Lily ? Il valait bien mieux garder Emilio dans l'ignorance de ce bébé qui avait vécu si peu de temps. Elle n'était pas prête à lui en parler. Elle ne serait jamais prête. Ce serait trop douloureux. Car il lui reprocherait évidemment de ne pas avoir suivi les conseils des médecins et avorté. Sa mère et ses amis le lui avaient eux-mêmes assez répété.

— Je vais te dire les choses plus clairement, Emilio, lança-t-elle avec un air de défi. Je ne veux plus te revoir.

Ni ce soir, ni demain, ni un autre jour. Plus jamais. Et maintenant va-t'en avant que j'appelle un vigile.

Il eut une expression légèrement moqueuse.

— Quel vigile ? N'importe qui pourrait entrer ici et vider ta caisse pendant que tu as le dos tourné. Tu n'as même pas de caméra de surveillance.

Giselle pinça les lèvres. Sa mère — sa mère adoptive, corrigea-t-elle intérieurement — lui avait fait la même remarque quelques jours plus tôt. Tout le monde lui répétait qu'elle était d'une nature trop confiante. C'était d'ailleurs cela et sa trop grande naïveté qui l'avaient perdue avec Emilio.

Celui-ci continuait à l'étudier avec attention.

— Tu as été malade ?

Décontenancée, elle se figea.

— Euh… Pourquoi me demandes-tu cela ?

— Tu es pâle. Et tu as maigri.

— Je ne corresponds donc plus à tes canons de beauté ? ironisa-t-elle. Heureusement que nous ne sommes plus ensemble, tu aurais honte de moi !

Il fronça les sourcils.

— Tu interprètes mal mes propos. Même si tu n'as pas l'air dans ton assiette, tu restes toujours aussi belle.

Giselle s'étonnait parfois d'être devenue aussi cynique. Autrefois, elle aurait rougi sous le compliment. Aujourd'hui, elle n'y voyait qu'une flatterie insignifiante.

Elle alla se placer à l'abri derrière le comptoir.

— Tu perds ton temps et le mien. Garde tes flagorneries pour quelqu'un de plus crédule. Avec moi, cela ne marche plus.

— Tu crois que j'ai des arrière-pensées ?

Le regard noir indéchiffrable d'Emilio réduisit ses défenses à néant. L'air se chargea soudain d'une énergie érotique, et elle s'agrippa au comptoir, le cœur battant, tandis que son ancien fiancé fixait ses lèvres.

Soudain, il se pencha pour presser furtivement la bouche sur la sienne ; un délicieux picotement l'envahit tout entière… Elle appela aussitôt son cynisme tout neuf à sa rescousse :

— Tu es ici pour soulager ta conscience.

Il hésita un long moment avant de répondre.

— Je suis ici pour nous deux, déclara-t-il enfin. Je veux effacer l'ardoise. Ni toi ni moi ne pourrons jamais aller de l'avant dans l'existence tant que la blessure ne sera pas cicatrisée.

Giselle le toisa d'un air dédaigneux.

— J'ai laissé le passé loin derrière, affirma-t-elle.

Il garda le silence pendant quelques secondes, puis il lança, d'une voix bourrue :

— Vraiment, *cara* ?

L'emploi de ce mot tendre lui serra la gorge, et les larmes lui montèrent aux yeux. Elle les refoula vaillamment.

— Evidemment, articula-t-elle avec froideur. Au risque de te décevoir, je ne me languis pas dans la désolation depuis que tu m'as bannie de ta vie.

— Je n'aurais pas aimé t'infliger pareille punition, admit-il tristement. Je me sens déjà assez coupable comme cela.

Ses regrets étaient-ils sincères ? s'interrogea Giselle. Plus vraisemblablement, cet homme orgueilleux et entêté supportait mal de s'être trompé pour la première fois de son existence…

— Tu peux dormir sur tes deux oreilles, Emilio. Après la façon dont tu m'as traitée, je t'ai chassé de mon esprit dès que je suis descendue de l'avion. Cela fait des mois que je n'ai pas pensé à toi.

De nouveau, Emilio la considéra avec une intensité gênante. Puis il lui tendit une carte de visite.

— Je suis à Sydney jusqu'à la fin de la semaine. Si tu changes d'avis, appelle-moi.

Elle prit la carte en s'efforçant de maîtriser le tremblement de ses doigts.

— Je ne changerai pas d'avis, articula-t-elle, déterminée.

Elle attendit qu'il soit dehors pour pousser un long soupir de soulagement. Dans son poing serré, le bord tranchant de la carte avait entamé sa peau, comme un signe de mauvais augure. Il valait mieux garder ses distances avec Emilio Andreoni. Sinon, elle souffrirait. Encore.

2.

Deux jours après la visite d'Emilio, Giselle reçut celle de son propriétaire, Keith Patterson.

— C'est un peu précipité, je le sais, mademoiselle Carter, mais j'ai décidé de vendre cet immeuble, lui annonça-t-il de but en blanc. Un promoteur m'a fait une offre que je ne peux pas refuser. Ma femme et moi avons perdu beaucoup d'argent à cause de la crise et nous avons besoin de remettre nos finances à flot avant la retraite. Cette proposition ne pouvait pas tomber à un meilleur moment.

Déconcertée et inquiète, Giselle réfléchit. Si elle devait trouver un nouveau local, il s'ensuivrait fatalement une hausse de loyer. Or, elle n'avait pas fini de rembourser le prêt relatif à son fonds de commerce. Même si les affaires marchaient bien, il fallait faire attention car elle venait d'embaucher une vendeuse.

— Suis-je obligée de déménager ?

— Cela dépendra du nouveau propriétaire, qui doit de toute façon être autorisé par le conseil municipal s'il envisage des transformations. Il m'a donné sa carte pour que vous le contactiez afin de discuter des modalités du bail.

Giselle eut un coup au cœur en reconnaissant le nom gravé en lettres d'argent.

— Emilio Andreoni ! s'écria-t-elle, sous le choc.

— Vous le connaissez ?

Elle rougit.

— Oui, vaguement… Mais il est architecte, pas promoteur.

— Il diversifie peut-être ses activités, remarqua Keith. Ses travaux de rénovation lui ont valu de nombreuses récompenses. En tout cas, il avait l'air très intéressé par le bâtiment.

— Il vous a dit pourquoi ? questionna Giselle en sentant la colère bouillonner en elle.

— Oui, il a avancé des raisons sentimentales. Il a peut-être de la famille qui a habité ici. Dans les années cinquante, il y avait un magasin de fruits et légumes tenu par un immigré italien, mais je ne me souviens plus de son nom.

Giselle était à présent folle de rage. Bien évidemment, il n'existait aucun lien entre Emilio Andreoni et l'Australie. Il lui avait très peu parlé de son enfance, et elle s'était souvent demandé s'il ne lui avait pas envié la sienne — elle était issue d'un milieu favorisé. Rétrospectivement, depuis qu'on avait levé le voile sur les circonstances de sa naissance, cela semblait assez ironique… Sa sœur jumelle Sienna et elle étaient en effet les filles naturelles de Nell Baker, la gouvernante de ceux qu'elle avait jusqu'alors pris pour ses parents, à l'époque où ils vivaient à Londres. Nell Baker avait été la maîtresse de son père. Ce dernier et sa femme avaient décidé de garder un des deux nourrissons, et la gouvernante avait élevé l'autre. Ainsi, Giselle était devenue aux yeux de tous, et y compris pour elle-même, la fille unique d'Hilary et Richard Carter…

Après le départ de Keith Patterson, elle tambourina nerveusement du bout des doigts sur la surface glacée de la carte de visite. Il ne servirait à rien de la déchirer, comme celle que lui avait donnée Emilio. Elle n'échapperait plus à un entretien avec lui. Il valait mieux prendre les devants.

Elle composa le numéro sur son téléphone.

— Emilio Andreoni, répondit-il à la première sonnerie.

— Salaud ! lança-t-elle sans pouvoir s'en empêcher.

— Je suis content d'avoir de tes nouvelles, répliqua-t-il sur un ton doucereux. Tu as changé d'avis depuis notre dernière rencontre ?

En imaginant son sourire satisfait, elle serra convulsivement le poing sur l'appareil.

— Comment peux-tu être aussi déloyal ? Et que cherches-tu ? Ce n'est pas en m'imposant une hausse de loyer exorbitante que tu m'empêcheras de te haïr.

— Je n'ai pas l'intention de te réclamer un sou.

— Ah bon ?

— J'ai une proposition à te faire. Rencontrons-nous pour en discuter.

Giselle ferma les yeux. Un frisson d'appréhension glacé courut sur sa peau.

— Non merci. Je préférerais mettre la clé sous la porte plutôt que d'avoir affaire à toi.

— Avant de rejeter une offre, il vaut mieux en connaître les termes et conditions. Tu serais peut-être surprise d'en être la première bénéficiaire.

— Etre exemptée de loyer en échange de mon corps et de mon amour-propre ? s'écria-t-elle avec mépris. Non merci.

— Pas de décision précipitée, Giselle. Ce serait dommage de mettre en péril une réussite qui a nécessité tant d'efforts.

— J'ai déjà tout perdu une fois et j'ai survécu.

Il dut accuser le coup car le silence se fit à l'autre bout de la ligne.

— Ne m'oblige pas à faire le méchant, lâcha-t-il enfin. Tu le regretterais.

Giselle frissonna de nouveau. Emilio savait se montrer impitoyable lorsqu'il le fallait, elle en avait malheureusement déjà fait les frais. N'avait-il pas annulé leur mariage à quelques jours seulement de la cérémonie, alors qu'elle avait tout préparé minutieusement ? L'accablement qu'elle avait ressenti n'était pas près de s'effacer. Elle ne pouvait même plus regarder une robe de mariée sans avoir la nausée. Mais ce n'était pas une raison pour céder à un odieux chantage.

— Je n'accepterai jamais rien de toi. Je préférerais encore mendier dans la rue.

— J'ai récemment construit une villa pour un géant européen du commerce, dit Emilio. Si je veux, un simple clic de souris peut offrir à ta boutique une visibilité et une croissance exponentielles. Tes créations dépasseront le cadre local et seront connues mondialement.

Giselle pensa à ses propres projets d'implantation. Elle avait imaginé un démarchage auprès des grands magasins, ainsi que la mise en ligne d'un site internet. Mais il lui fallait encore attendre de trouver les financements et les bons contacts.

Une véritable bataille s'engagea dans son esprit, tandis qu'elle tâchait désespérément de s'en tenir à sa résolution. Elle eut envie de raccrocher au nez d'Emilio. Mais pouvait-elle tourner le dos aussi abruptement à la réussite dont elle rêvait ? D'un autre côté, elle ne voulait pas le moindre contact avec Emilio. D'aucune sorte. Surtout pas intime…

— Réfléchis bien, Giselle. Tu as peut-être beaucoup à gagner en renouant avec moi, même de façon temporaire.

— Que veux-tu dire exactement ?

— J'aimerais t'emmener avec moi en Italie pendant

un mois. Cela nous permettrait de voir si nous pouvons rétablir nos relations. Naturellement, je te verserais une allocation pour le temps que nous passerions ensemble.

— C'est hors de question ! protesta-t-elle avec l'énergie du désespoir. Je raccroche immédiatement, et ce n'est pas la pcine de...

— Cela me donnera aussi l'occasion de te présenter quelques contacts intéressants, la coupa-t-il. Je t'offre un million de dollars pour le mois.

Giselle ouvrit la bouche, mais aucun son n'en sortit. Son cœur battait si fort qu'il allait probablement exploser.

Un million de dollars !

Effectivement, une somme pareille méritait réflexion. Mais serait-elle capable de vivre tout un mois auprès d'Emilio ? Par le passé, elle avait partagé son lit et son amour. Mais maintenant, tout avait changé. Elle le haïssait.

Avait-il l'intention de coucher avec elle ?

Un frémissement la parcourut. Evidemment. Comment pouvait-elle en douter ? N'avait-elle pas lu le désir dans ses yeux le jour où il était passé à la boutique ? Et en ce moment même, l'accent sensuel de sa voix trahissait ses intentions.

— Je... J'ai besoin de réfléchir, bredouilla t elle.

— Ce n'est même pas la peine. Tu y gagnes des deux côtés, Giselle. Si au bout d'un mois, nous nous rendons compte tous les deux qu'il est inutile de continuer, tu seras libre de repartir. Avec l'argent.

Elle se mordilla la lèvre.

— Es-tu certain de supporter ma présence, sachant combien je te hais ?

— Je comprends tes sentiments. Mais je veux m'assurer que nous ne commettons pas la pire bêtise de notre vie en nous interdisant d'explorer la possibilité d'un avenir commun.

Giselle fronça les sourcils.

— Pourquoi fais-tu cela ?

— Quand je t'ai vue l'autre jour, j'ai su que notre histoire ensemble n'était pas terminée. D'ailleurs, tu l'as senti toi aussi, même si tu ne veux pas le reconnaître. Tu as beau me détester, ton corps réagit autrement. Le désir n'est pas mort entre nous.

Elle se mordit la lèvre. Elle lui en voulait de la connaître trop bien, au point de déchiffrer les signes les plus subtils. Quelle chance avait-elle de sortir indemne de cette histoire sans souffrir dans son orgueil ?

— Je veux un délai d'un jour ou deux avant de me décider, déclara-t-elle. Et je n'accepterai pas au-dessous de deux millions.

— Je comprends pourquoi tu as réussi, observa Emilio songeusement. Tu es très dure en affaires. Deux millions, c'est une grosse somme.

— Et moi, j'ai une grosse haine, répondit-elle du tac au tac.

— Je me ferai une joie d'en venir à bout.

Giselle éprouva un importun picotement de désir.

— Tu n'y arriveras pas, Emilio. Tu posséderas peut-être mon corps en y mettant le prix, mais tu n'auras jamais mon cœur.

— Ton corps suffira pour l'instant, l'assura-t-il d'une voix vibrante d'intensité. Je t'enverrai une voiture vendredi dans la soirée. Prépare ton passeport et une valise si c'est oui.

Et il raccrocha sans rien ajouter.

Quand le chauffeur d'Emilio se gara devant son immeuble, Giselle s'était convaincue qu'elle acceptait pour une seule et unique raison : rendre la vie infernale à Emilio pendant un mois. Elle prendrait un plaisir fou à lui faire regretter la façon dont il l'avait traitée. Cette fois-ci, il n'aurait pas la conquête facile. Elle n'était plus la jeune fille timide et naïve qu'il avait séduite autrefois. Elle s'était endurcie et avait gagné en cynisme. La souffrance et la colère l'avaient dangereusement aguerrie.

En outre, un séjour en Europe lui donnerait peut-être l'occasion de voir la sœur dont elle avait fait la connaissance fortuitement quinze jours plus tôt. Sienna vivait à Londres qui était infiniment plus proche de Rome que de Sydney.

Le cœur de Giselle se serra à la pensée de toutes ces années perdues à cause de l'égoïsme des adultes. Non seulement ils n'avaient pas songé aux conséquences de leurs actes, mais ils leur avaient volé, à Sienna et elle, le partage de confidences et de jeux d'enfants, toute une intimité qu'elles auraient dû avoir et ne connaîtraient jamais.

Giselle ne s'était pas encore remise de cette découverte qui s'ajoutait au scandale de la vidéo érotique. Elle avait l'impression de ne plus savoir qui elle était, comme si toute son existence n'avait été que mensonges. Giselle Carter, prétendument née à Sydney et enfant unique de Richard et Hilary Carter, s'était brusquement évanouie dans les airs.

Qui était-elle maintenant ?

Elle n'était pas la fille d'Hilary. Mais elle n'était pas non plus la fille de sa mère biologique, qui ne l'avait jamais tenue dans ses bras — ou si brièvement qu'elle n'en avait pas conservé le souvenir.

Comment Nell Baker avait-elle choisi entre le bébé qu'elle garderait et celui qu'elle donnerait ? L'avait-elle fait de son plein gré ou pour de l'argent ?

Une pointe de culpabilité transperça Giselle à la

pensée de ce qu'elle avait laissé entendre à Emilio : il n'était évidemment pas question de coucher avec lui, même au prix fort. Au contraire, il irait de surprise en surprise. Au bout d'un mois, il serait bien content de se débarrasser enfin d'elle…

Emilio attendait l'arrivée de Giselle au bar de l'hôtel. Dès qu'il la vit, quelque chose en lui vibra. Il avait connu nombre de jolies femmes, mais aucune n'avait eu le pouvoir de l'affecter ainsi, physiquement, juste en entrant dans une pièce. Pourtant, Giselle ne semblait pas avoir conscience de l'effet qu'elle produisait sur les hommes alors que, en ce moment même, tous les regards masculins étaient posés sur elle…

Sa petite robe couleur crème, simple mais élégante, était resserrée à la taille par une ceinture de satin noir qui soulignait sa minceur. Ses cheveux d'un blond de lin, noués en chignon sur sa nuque, dégageaient son cou fin et gracile. Elle se maquillait à la perfection, avec un résultat très naturel. Un eye-liner gris-bleu, comme ses yeux, avec une touche d'ombre à paupières, intensifiait son regard. Et le gloss brillant sur ses lèvres pulpeuses donna envie à Emilio de les embrasser pour voir si elles avaient toujours le même goût. Il huma son parfum si particulier, comme une odeur de chèvrefeuille en été, qui lui allait si bien. Cette odeur qu'il gardait sur sa peau pendant des heures quand ils avaient fait l'amour lui avait beaucoup manqué.

Il se leva pour l'accueillir. Même perchée sur de très hauts talons, elle restait beaucoup plus petite que lui.

— Tu as apporté ton passeport ? demanda-t-il.

Elle battit des cils avec une moue coquette.

— J'ai failli l'oublier, mais la perspective de gagner deux millions m'a ramenée à la raison.

Emilio s'autorisa un sourire de satisfaction. Elle était venue sous la contrainte mais au moins, elle était là. Il la prit par le coude pour la conduire dans un coin tranquille et sentit sa peau satinée frissonner sous ses doigts. Le désir, aussitôt, s'empara de lui.

— Que veux-tu boire ? Du champagne ?

Elle secoua la tête.

— Je n'ai rien à fêter. Un verre de vin blanc ira très bien.

Emilio se renfonça dans son siège en contemplant son beau visage glacé. Il méritait tout à fait sa colère et sa froideur après l'avoir rejetée aussi ignominieusement, sans égard pour ses sentiments. Il était au moment des faits tellement convaincu qu'elle l'avait trahi que la rage l'avait totalement aveuglé. L'image de Giselle avec un autre homme l'avait longtemps poursuivi, douloureusement, jusqu'à ce qu'il découvre, très récemment, l'existence de sa jumelle.

Quand il avait revu son ex-fiancée en chair et en os, toutes les bonnes raisons qu'il avait eues de vouloir l'épouser s'étaient de nouveau imposées à lui. Dotée d'une grâce et d'une beauté peu communes, elle avait en outre une voix très douce et une manière tout à fait délicieuse de se mordiller la lèvre dans des moments d'incertitude. Parfois aussi, quand elle se concentrait, elle enroulait distraitement une mèche de cheveux autour d'un doigt. Mais c'étaient surtout ses yeux qui l'avaient fasciné à l'époque, d'un gris-bleu inimitable, éperdus de tendresse et d'admiration pour lui.

Giselle aurait fait une épouse parfaite, docile et dévouée, et peu importait qu'il n'en soit pas amoureux. De toute façon, Emilio se méfiait des sentiments. Les gens qui faisaient de belles déclarations n'agissaient pas toujours en conformité avec leurs paroles. Le scandale déclenché par la vidéo érotique l'avait renforcé dans cette idée. Mais pour une fois, c'était lui qui avait rompu sa promesse, et il l'avait abandonnée.

La suspicion dont il avait fait preuve avait détruit l'amour que Giselle lui portait. Du coup, il était déterminé à la reconquérir. Il trouverait mille et une façons de se racheter pour oublier cet échec.

Il réparerait son erreur par n'importe quel moyen.

Premier bon point : Giselle éprouvait encore du désir pour lui. Il l'avait vu à la manière dont son corps avait réagi, le jour où il était venu dans sa boutique. Le sien avait répondu d'une manière viscérale, au premier regard. C'était comme un besoin douloureux, urgent, de la serrer contre lui. Il avait hâte de l'emmener dans sa chambre pour lui prouver qu'ils avaient encore un avenir et qu'ils pouvaient effacer le passé. Même si elle faisait semblant de rien, elle fondrait dès qu'il l'embrasserait, comme avant. Il ne pouvait pas en être autrement.

Il ne tolérait pas l'échec.

— J'ai réservé un vol pour demain, annonça-t-il. A 10 heures.

Elle le regarda d'un air hautain.

— Tu étais vraiment sûr que je viendrais ?

— Je te connais assez pour me fier à mes intuitions, répliqua-t-il calmement.

— Je ne suis plus la même, Emilio. J'ai beaucoup changé en deux ans.

— Je ne crois pas au changement. Les gens ne changent jamais en profondeur.

Elle haussa les épaules.

— Tu risques de modifier ton point de vue.

— Ta sœur est-elle toujours à Sydney ?

— Non, elle est repartie à Londres il y a dix jours.

Elle marqua une pause.

— La presse nous harcelait, toutes les deux…

Elle se mordit la lèvre et but une gorgée de vin.

— Cela a dû être très difficile, remarqua Emilio.

— Je préfère ne pas aborder la question, dit-elle avec froideur et ressentiment. Je n'ai pas encore totalement assimilé ce qui m'arrive. Sienna non plus.

— Tu pourrais peut-être l'inviter à passer quelques jours à la villa. J'aimerais faire sa connaissance.

— Pourquoi pas, répondit-elle avec une désinvolture affectée.

Selon sa vieille habitude lorsqu'elle était embarrassée, Giselle repoussa plusieurs fois une mèche de cheveux derrière son oreille. Emilio en déduisit qu'elle n'était pas aussi indifférente qu'elle voulait le paraître.

— Parle-moi de ta boutique. Comment t'es-tu lancée dans cette entreprise ?

Elle plongea le nez dans son verre.

— Quand je suis… revenue d'Italie, je… j'avais besoin de travailler. L'idée de me mettre à mon compte me plaisait beaucoup. J'avais déjà proposé quelques-unes de mes créations à la propriétaire du magasin. Elle m'a tout naturellement donné la préférence le jour où elle a décidé de vendre.

— A vingt-trois ans, c'est courageux de s'engager seule dans pareille aventure. Tes parents t'ont aidée ?

— Au début, oui. Mais la situation est devenue un peu difficile quand mon père est tombé malade. Et quand il est mort, nous avons découvert des dettes dont nous ignorions tout. Il avait joué en bourse et commis quelques imprudences. C'est moi qui ai dû aider ma mère… enfin, Hilary.

— Je regrette de ne pas t'avoir envoyé mes condoléances. Vous avez certainement traversé une période douloureuse, ta mère et toi.

Elle crispa les doigts sur son verre à pied, si fort qu'Emilio se demanda si elle n'allait pas le casser.

— Son agonie a duré huit mois épouvantables, et pas une seule fois il n'a évoqué l'existence de ma sœur jumelle.

Les yeux étincelants de colère, elle ajouta :

— Mes parents savaient tous les deux que nous avions rompu à cause de cette vidéo. Pourtant, ni l'un ni l'autre n'ont rien dit. Je ne leur pardonnerai jamais.

Emilio enleva délicatement le verre de sa main et le posa sur la table.

— Je comprends parfaitement ta réaction. Et s'il y a quelqu'un à blâmer, c'est moi. J'ai eu tort de ne pas te faire confiance.

Un long silence tomba.

— Tu sais ce qui me dérange le plus ? demanda Giselle.

— Non, dis-moi.

— Comment ont-ils choisi entre ma sœur et moi ? Comment ma mère biologique a-t-elle pu consentir à se séparer de moi ? Et comment mon père a-t-il pu le lui demander ? Enfin, comment a-t-il pu imposer l'enfant d'une autre à ma… à Hilary ? N'avait-elle donc aucune estime d'elle-même ?

Emilio prit les mains de Giselle entre les siennes pour tenter de les décrisper.

— Tu lui as posé la question ?

— Bien sûr. Elle voulait lui faire plaisir, m'a-t-elle répondu. Elle a passé toute sa vie à essayer de le rendre heureux sans jamais y arriver.

— J'avais plutôt l'impression que vous aviez une vie de famille harmonieuse.

En se rendant compte qu'Emilio lui caressait les mains, Giselle les retira vivement.

— Je ne me suis jamais confiée sur le sujet, mais j'avais toujours peur de décevoir mes parents. Même si je faisais de mon mieux, je ne me sentais jamais à la hauteur. Ma mère n'avait pas la fibre maternelle. Elle ne m'a jamais câlinée, ne jouait pas avec moi. Maintenant, je comprends pourquoi elle déléguait ces tâches à une nounou : en fait, je n'étais pas son enfant.

Elle poussa un soupir douloureux avant de poursuivre :

— Mon père ne valait guère mieux. Au fond de lui, il aurait sans doute préféré un fils. Ma mère était stérile, et sa maîtresse lui avait donné deux filles. Je me suis souvent demandé s'il avait parfois la sensation d'avoir fait le mauvais choix. En tout cas, il était prisonnier d'un mariage sans amour et probablement bourrelé de remords. Les longs silences dans lesquels ils s'enfermaient tous les deux prennent maintenant tout leur sens.

Emilio fronça les sourcils. Giselle ne lui avait jamais parlé aussi franchement de son enfance, qu'il avait imaginée très différente, infiniment plus stable et heureuse que la sienne. En fait, même s'il avait failli l'épouser, il la connaissait mal. Conquis par sa beauté, il n'avait pas pris la peine de savoir qui elle était ni quelles étaient ses valeurs et ses aspirations. Il l'avait éblouie par son charme et sa fortune sans prendre conscience de sa fragilité et de son sentiment d'insécurité. Aujourd'hui, il avait l'impression de la voir pour la première fois. Elle avait beaucoup souffert à cause de lui. Il l'avait peut-être blessée davantage que ses parents. Il ne savait pas vraiment s'il pourrait se racheter et réparer ses torts, mais il était déterminé à essayer.

— Comment ta sœur réagit-elle ? demanda-t-il.

— Elle a plus de recul que moi. Avec l'enfance qu'elle

a eue, elle est plus endurcie. Beaucoup d'hommes se sont succédé dans la vie de sa mère qui ne l'a pas beaucoup choyée.

— Est-elle déçue de ne pas avoir connu votre père ?

— Oui et non, je suppose. Elle est très directe et n'aurait pas mâché ses mots avec lui. Moi qui ai tendance à m'effacer, je devrais prendre modèle sur elle. Il est temps que je m'affirme et que je me fasse respecter.

— Finalement, tu as peut-être changé, remarqua Emilio avec un sourire en coin.

— Oui, tu devrais te méfier, répondit-elle farouchement.

Plutôt que d'entrer dans son jeu, Emilio préféra en venir à des considérations plus matérielles.

— As-tu donné les clés de ta boutique et les livres de comptes à mon chauffeur ?

— Oui.

— Parfait. Ta nouvelle vendeuse pourra prendre quelques initiatives en attendant de connaître ta décision. Je lui ai parlé.

Giselle plissa le front.

— Que veux-tu dire ?

Il la regarda longuement.

— Tu choisiras peut-être de rester en Italie. Il vaut mieux se préparer à cette éventualité.

Elle le considéra avec mépris.

— Tu as vraiment un ego monumental ! Tu crois que je vais revenir dans ta vie comme si de rien n'était ? Tu payes pour un mois, tu n'auras rien de plus.

Emilio décida de ne pas se fâcher et ravala sa colère. Pourquoi se montrait-elle aussi récalcitrante ? Qu'était devenue la jeune femme douce et docile qu'elle était autrefois ?

— Veux-tu boire autre chose ? demanda-t-il après un silence tendu.

— Non merci.

— Eh bien, allons dîner. J'ai commandé le repas dans ma suite.

— Nous n'allons pas au restaurant ? questionna-t-elle, surprise.

— Ce sera plus intime.

Elle plissa les yeux.

— Epargne-moi une scène de séduction, Emilio Andreoni, railla-t-elle. Cela ne marchera pas.

— Vraiment ? lança-t-il, piqué au vif.

— Vraiment, déclara-t-elle en relevant le menton.

Un désir sauvage s'empara de lui tandis qu'il soutenait le regard provocant de son ex. La nouvelle Giselle, avec son tempérament de feu, l'excitait. En plus, il adorait relever les défis. Son courage et sa détermination lui avaient permis de s'élever dans l'échelle sociale, au plus loin de la misère dont il était issu. Il s'était remis seul à ses études, travaillant nuit et jour pour couvrir tous les frais. Il avait fait fortune en répondant aux exigences quasi irréalisables de clients difficiles et en menant à bien des projets fous. Après le scandale qui avait entaché sa vie privée, il avait failli tout perdre, mais avait tout regagné en se battant pied à pied.

Giselle était désormais son nouveau défi. Comme pour tout le reste, il réussirait.

Rien ni personne ne se mettrait en travers de son chemin.

3.

Raide comme un automate, Giselle accompagna Emilio jusqu'à sa suite. L'odeur de son eau de toilette déclenchait des souvenirs qu'elle tentait désespérément de refouler. Elle avait l'impression de remonter le temps. Des flots d'images érotiques se bousculaient dans son esprit. Elle se mordit la lèvre et s'efforça de les chasser en pensant à autre chose.

Quand ils étaient fiancés, elle ne songeait qu'à plaire à l'homme orgueilleux et volontaire qu'était Emilio Andreoni. Pas une fois elle ne lui avait tenu tête ou ne s'était opposée à lui. Elle se contentait de l'aimer, éperdument. Comment avait-elle pu se rendre aussi vulnérable ? Leurs relations étaient terriblement déséquilibrées. Elle l'aimait trop, et lui pas du tout.

C'était par pur orgueil qu'il voulait la reconquérir. Elle ne l'intéressait pas en tant que personne. Il cherchait à sauver les apparences en montrant qu'il réparait ses torts. Un homme de sa stature, à la renommée internationale, ne pouvait pas faire moins. Depuis que la presse avait relaté l'histoire de ses retrouvailles avec Sienna, Giselle se demandait même pourquoi Emilio n'avait pas communiqué ses intentions aux journalistes.

Quand l'ascenseur s'arrêta, il tendit le bras pour la laisser passer. Elle marcha fièrement devant lui, déterminée à ne pas montrer sa nervosité. Toutefois, il était très perspicace : il ne tarderait sans doute pas à découvrir qu'elle lui cachait quelque chose. Elle n'avait pas pu s'empêcher de mettre dans sa valise la petite couverture rose qui sentait encore le bébé. C'était son dernier lien avec Lily. Sa mère… Hilary, corrigea-t-elle aussitôt, lui conseillait de s'en défaire pour mieux faire son deuil.

Giselle n'était pas du tout prête à cela.

D'ailleurs, que pouvait savoir Hilary de sa souffrance ? Rien, absolument rien. Elle n'avait jamais porté un enfant dans son ventre ; elle était incapable d'imaginer une telle douleur…

— Détends-toi, *cara*, lui conseilla Emilio en ouvrant la porte. Tu ne vas pas être jetée en pâture à une bête sauvage.

— J'ai mal à la tête, dit-elle en humectant ses lèvres sèches. Je n'aurais pas dû boire de vin.

— A quand remonte ton dernier repas ?

Il la dévisageait en attendant sa réponse.

— Je ne m'en souviens pas. J'avais tant de choses à faire, chez moi et à la boutique… Tu ne m'as pas laissé beaucoup de temps.

— Je suis désolé de devoir regagner Rome aussi rapidement. J'ai un projet important en cours, avec plusieurs millions à la clé.

Cet homme dur et implacable avait bâti sa fortune à la force du poignet. Dans les jours et les semaines à venir, Giselle aurait à supporter son caractère intransigeant. Qui des deux gagnerait la lutte qui s'engageait ? Elle frissonna involontairement.

— J'ai fait monter tes bagages, lui apprit-il. Veux-tu l'aide d'une femme de chambre pour ranger tes affaires ?

— Non, répondit Giselle un peu trop rapidement. Je… Euh… De toute façon, nous partons demain.

Surpris par son empressement, il hésita un instant.

— Préfères-tu coucher dans la seconde chambre pour ce soir ?

Giselle lui lança un regard dur.

— Avais-tu prévu autre chose ?

Il s'approcha pour caresser sa joue brûlante du dos de la main.

— Ne compte pas faire chambre à part pendant un mois entier.

Elle s'écarta.

— Je n'ai rien signé qui m'oblige à dormir avec toi.

— A ce propos… dit-il en ouvrant un porte-documents posé sur une table basse.

Avec une expression indéchiffrable, il lui tendit une feuille de papier.

— Lis soigneusement avant de signer. Le montant total sera transféré sur ton compte à la fin de ton séjour.

La panique envahit soudain Giselle, qui eut envie de repartir sur-le-champ. Mais une telle somme d'argent n'était pas à dédaigner. Elle s'enorgueillissait de son succès professionnel qui l'avait aidée à surmonter ses épreuves. Ce serait merveilleux de le développer à plus grande échelle. Car à quoi d'autre se raccrocher, désormais ? Il ne fallait plus compter se marier et fonder une famille. Ce rêve-là s'était définitivement effondré.

Elle s'installa sur une chaise pour prendre connaissance du contrat. Il se révéla clair et simple ; elle n'avait rien à craindre. A la fin du mois, elle serait plus riche de deux millions de dollars et ne devrait strictement rien à Emilio. Elle apposa sa signature d'une main qui tremblait légèrement.

— Voilà.

Il rangea le feuillet avant de lui faire face.

— Marché conclu.

— Oui, tu viens de perdre deux millions de dollars.

« Pour rien », ajouta-t-elle *in petto*.

Un sourire moqueur se dessina sur les lèvres d'Emilio.

— Combien de temps tiendras-tu ? Une semaine ? Deux ?

Elle lui lança un regard féroce.

— Si tu as besoin d'une femme pour partager tes nuits, tu devras chercher ailleurs. Cela ne m'intéresse pas.

— Tu savoures ta petite vengeance, n'est-ce pas ?

Elle s'empourpra.

— Je ne sais pas de quoi tu parles, bredouilla-t-elle, déstabilisée d'avoir été ainsi percée à jour.

— Je sais comment tu fonctionnes. Tu as l'intention de me rendre insupportable chaque minute que je passerai avec toi. Mais ne te leurre pas, Giselle. Premièrement, je ne t'en désirerai pas moins. Deuxièmement, tu coucheras avec moi. Non parce que je te paye, mais parce que tu ne pourras pas t'en empêcher.

A ce moment-là, Giselle n'aurait pu le haïr davantage. Quelle arrogance ! La croyait-il dépourvue à ce point de *self-control* et de discipline, sans parler de respect d'elle-même ? Elle l'aurait volontiers giflé.

— Je te déteste de tout mon être ! s'écria-t-elle, toutes griffes dehors.

— Au moins, tu ressens quelque chose pour moi. C'est beaucoup mieux qu'une froide indifférence.

Le calme d'Emilio exacerba sa colère. Toutefois, déterminée à lui prouver qu'elle était la plus forte, elle changea brusquement de tactique.

— Très bien…

Elle se débarrassa de ses talons et commença à descendre la fermeture Eclair de sa robe.

— … puisque tu veux absolument coucher avec moi, débarrassons-nous tout de suite de la corvée.

Il l'observa sans mot dire pendant qu'elle se déshabillait. Debout devant lui, elle se mit à frissonner en dégrafant son soutien-gorge de ses doigts tremblants, singulièrement malhabiles tout à coup. Elle faillit se mettre à pleurer. La digue menaçait de se rompre sous le poids des émotions accumulées. Ses yeux la brûlaient, et une boule de feu lui tordait le ventre.

— Rhabille-toi, ordonna Emilio en se détournant.

Giselle vacilla, comme si le sol se dérobait sous ses pieds. Elle avait voulu battre Emilio à son propre jeu mais il avait renversé les rôles à son avantage. Horriblement embarrassée, elle se sentait ridicule et rejetée.

Emilio se dirigea vers le bar, se versa un verre et le but d'un trait en rejetant la tête en arrière. Les muscles de ses épaules saillaient sous l'étoffe fine de sa chemise. Elle se souvint de leur toucher sous ses doigts, sous ses lèvres, et du goût salé de sa peau…

Elle rassembla son orgueil en lambeaux.

— Tu n'as donc pas besoin de mes services pour ce soir ?

Il lui fit face avec une expression impénétrable.

— Je vais te faire servir à dîner. Mets-toi à l'aise et fais comme chez toi. Je sors.

— Où vas-tu ? s'écria-t-elle.

Elle avait parlé comme une femme jalouse, sans pouvoir s'en empêcher. Elle baissa la tête, honteuse. Il était trop tard pour reprendre sa question.

Sur le seuil, Emilio l'enveloppa d'un regard froid.

— Ne m'attends pas, dit-il simplement.

Giselle ramassa une chaussure et la lança rageusement dans sa direction.

— Va au diable ! hurla-t-elle.

*
* *

Emilio rentra à 2 heures du matin.

Il avait parcouru les rues de Sydney pendant des heures, déterminé à ne pas revenir trop tôt à l'hôtel pour ne pas croiser Giselle. Un désir insoutenable le taraudait, mais il refusait de donner à la jeune femme des raisons supplémentaires de le haïr. Il attendrait son heure. De toute façon, tôt ou tard, ce serait elle qui le supplierait.

Quand viendrait ce moment, ils n'auraient pas assez d'une nuit pour rattraper le temps perdu. Emilio n'en doutait pas. Pour l'instant, Giselle avait besoin d'un peu de temps pour surmonter son amertume et sa colère. Mais dès qu'elle céderait, l'alchimie sexuelle reprendrait ses droits.

Elle avait à peine touché au plateau-repas, sans doute par pur esprit de contradiction. Il admirait sa force de caractère. Peu de gens osaient lui tenir tête. Il avait appris très jeune, dans les bas-fonds de Rome, comment intimider les autres, ce qui lui avait été fort utile par la suite dans sa vie professionnelle. Personne ne discutait ses ordres. Les femmes aussi lui obéissaient docilement et se pliaient à ses moindres désirs. Giselle n'échappait pas à la règle, autrefois.

Emilio se dirigea vers les grandes baies vitrées qui donnaient sur le port. Il n'avait pas choisi Giselle, deux ans auparavant, uniquement pour la souplesse de sa personnalité. Il se plaisait réellement en sa compagnie et était fier de sortir avec elle en société. Elle se mouvait avec une élégance, une grâce et une assurance très naturelles.

Il poussa un profond soupir. Sans le scandale qui les avait séparés, ils auraient fêté leur second anniversaire de mariage depuis une quinzaine de jours. Peut-être même auraient-ils un enfant. Ils en avaient discuté. N'ayant l'un et l'autre aucun frère et sœur, ils avaient envie tous les deux d'une grande famille. Lui surtout en rêvait, après avoir été un enfant des rues placé dans différents foyers d'accueil.

C'était parce que les maisons des autres lui faisaient envie depuis toujours qu'il était devenu architecte. Il avait à peine dix ans lorsqu'il avait pris cette décision. Mais dessiner des maisons de rêve ne lui suffisait pas. Sans doute serait-il plus heureux le jour où il fonderait sa propre famille. En attendant, une affreuse sensation de solitude le rongeait continuellement.

Il souffrait d'un terrible sentiment d'incomplétude, comme s'il lui manquait en permanence quelque chose.

Un bruit attira son attention.

— Tu n'as rien mangé, dit-il, juste au moment où Giselle tâtonnait pour trouver l'interrupteur.

Elle sursauta et porta la main à sa gorge.

— Je ne t'avais pas vu ! Tu m'as fait une peur bleue. Pourquoi n'as-tu pas allumé ?

— Je préfère peut-être rester dans le noir…

Elle resserra les pans de son peignoir sur sa poitrine.

— Tu aurais pu dire quelque chose, lança-t-elle d'un ton accusateur.

— Je t'ai parlé. J'ai dit que tu n'avais rien mangé.

— Je n'avais pas faim.

— Il faut t'alimenter correctement. Tu es trop maigre.

— Garde tes opinions pour toi, rétorqua-t-elle du tac au tac.

Emilio s'approcha.

— Tu n'arrivais pas à dormir ?

Repoussant ses cheveux en arrière, elle lui jeta un regard de défi.

— Qu'est-ce que cela peut te faire ?

— Je m'inquiète pour toi. Tu as une mine de papier mâché.

40

— Quel dommage pour moi que tu ne te sois pas inquiété il y a deux ans, quand tu m'as jetée à la rue.

Emilio serra les mâchoires pour s'empêcher de répondre quelque chose qu'il risquait de regretter. Il se targuait d'une parfaite maîtrise de lui-même en toutes circonstances, mais Giselle le poussait dans ses retranchements. Allait-elle s'entêter longtemps dans son refus de communiquer ? Il avait reconnu ses torts. Cela ne servait à rien de rester sur des positions figées.

— Veux-tu que je te prépare une tasse de lait chaud ?

Elle eut un petit rire amer.

— Oui, pourquoi pas ? Ajoutes-y un trait de whisky. Peut-être deux, pour m'assommer.

Emilio remplit une tasse, qu'il plaça dans le four à micro-ondes. Puis il s'appuya contre le mur pour étudier d'un air songeur le visage de la jeune femme.

— C'est stressant de gérer une affaire en free-lance, même florissante, dit-il. Je le sais par expérience. J'ai passé moi aussi plus d'une nuit sans dormir.

Elle le gratifia d'un rictus hautain.

— En bonne compagnie, je n'en doute pas. Pour te distraire de tes feuilles de calcul.

— Pas aussi souvent que tu crois.

— En tout cas, ne compte pas sur moi pour ouvrir les jambes aussi complaisamment que les créatures dont tu aimes à t'entourer.

— Cela ne te posait pas de problème, autrefois. Et pour deux millions, *cara*, tu pourrais faire un effort.

Elle leva la main pour le gifler, mais il l'intercepta et emprisonna son poignet entre ses doigts.

— Attention ! l'avertit-il. Méfie-toi des conséquences.

— Ah bon ? Lesquelles ? Tu vas me frapper ? C'est ainsi que se comportent les Italiens ?

— Je ne lèverais jamais la main sur toi.

— Et que fais-tu, en ce moment ?

— J'essaie de te ramener à la raison en t'empêchant de te conduire comme une enfant capricieuse.

— Je te hais, souffla-t-elle entre ses dents serrées, furieuse.

— Tu l'as déjà dit.

— Je le pense vraiment.

— Je te crois.

— J'aimerais te voir rôtir en enfer.

— Tes insultes n'effaceront jamais ce qu'il y a entre nous.

Giselle eut tout à coup conscience de ses cuisses contre celles d'Emilio, de son haleine contre sa joue. A son contact, une douce chaleur se communiquait à son corps frissonnant. Les pointes de ses seins durcirent tandis qu'elle contemplait le dessin de cette bouche qui l'avait embrassée tant de fois, et qui pouvait se montrer tour à tour douce et exigeante, avide ou généreuse.

— Je te hais, répéta-t-elle, davantage pour se convaincre elle-même.

Elle avait besoin de cette colère. Elle avait besoin de sa rage pour continuer à exister. C'était tout ce qui lui restait, comme une armure pour se protéger.

Sa large main posée sur sa joue, Emilio commença à lui caresser le cou avec son pouce, d'un rythme lent, hypnotique, qui chassa toute pensée cohérente de son esprit.

— Cesse de lutter ainsi contre moi, Giselle. Laisse-nous une chance de nous réconcilier.

— Certaines erreurs sont irréparables. Il est trop tard.

— Tu le crois vraiment ?

Pressée contre lui de la sorte, elle ne savait plus que décider. Elle sentait la force de son désir d'homme appuyer sur son ventre, avec une urgence bien réelle.

Elle ne pouvait pas nier non plus les sensations qui s'éveillaient au cœur de sa féminité. Son propre corps répondait secrètement à Emilio, comme il l'avait toujours fait. Sur ce plan-là, rien n'avait changé. Peu importaient ses bonnes résolutions et la haine qu'elle lui vouait. Son être profond avait des besoins et des désirs qu'elle ne maîtrisait pas et qui outrepassaient ses facultés de raisonnement.

— Tu cherches uniquement à restaurer ton image publique, par peur du qu'en-dira-t-on, le défia-t-elle farouche. Tu redoutes le jugement de tes clients et de tes confrères. Mais c'est juste pour sauver les apparences. Même si tu redores ton image aux yeux du monde, cela ne durera qu'un mois. Car je ne reviendrai jamais avec toi.

Il la serra durement contre lui, avec une expression amère et menaçante.

— Alors autant en avoir pour mon argent le plus vite possible, non ?

Et il écrasa un baiser sur ses lèvres, sans aucune douceur.

Un barrage céda brusquement à l'intérieur de Giselle. Ebranlée par la violence de ses réactions, elle embrassa à son tour Emilio avec toute la passion dont elle était capable.

Elle avait envie de lui, follement.

Une sorte de duel s'engagea entre eux, qui les laissa pantelants. Elle voulait retrouver le goût de sa peau, se frotter à cette virilité qui la bouleversait.

Mais elle avait aussi envie de lui faire mal, pour lui rappeler tout ce qu'il avait stupidement sacrifié, par orgueil et aveuglement. Elle le mordit comme une tigresse s'attaquant à sa proie et elle eut le goût du sang sur sa langue, terriblement excitant. Il la mordit en retour. Sa barbe naissante lui râpait la joue. Quand elle changea de position, il enfouit les doigts dans ses cheveux et la retint prisonnière.

Giselle se mit à tirailler la toison soyeuse de son torse, et Emilio poussa une sorte de grondement sourd. Aussitôt, elle frissonna d'un désir cru, sauvage. Malgré toute la haine qu'elle éprouvait pour cet homme, elle avait envie de le sentir en elle. Quand il la possédait, elle se sentait vivante ; pourrait-il la faire renaître, enfin ?...

Soudain, Emilio la lâcha et s'écarta. Puis, avec une grimace, il essuya le sang sur sa bouche du dos de la main.

— C'est le tien ou le mien ?

— Quelle importance ? répliqua-t-elle avec insolence.

— En tout cas, je n'ai pas fait exprès. Je ne voulais pas te blesser.

— Ah bon ?

Elle soutint son regard pendant qu'il essuyait doucement ses lèvres avec son mouchoir.

— Nous ne sommes pas obligés de nous faire du mal, murmura-t-il d'une voix rauque.

Elle se détourna et s'éloigna.

— Cela ne marchera pas. Rien ne me fera changer d'avis. Je ne te pardonnerai jamais.

Elle l'entendit s'approcher derrière elle. Quand il la prit par les épaules, elle frissonna et ferma les paupières, en rassemblant toute la force de sa volonté. Pourquoi était-ce si difficile de lui résister ? Pourquoi avait-elle tellement envie de se retourner pour se blottir dans la chaleur de son étreinte ?

— Ne fais pas cela... implora-t-elle d'une voix brisée.

— Quoi donc ?

— Tu le sais très bien.

Elle réprima un soupir quand il commença à masser

doucement les muscles noués de sa nuque. Allait-il maintenant écarter son peignoir pour l'embrasser au creux du cou ? S'il faisait cela, elle ne répondrait plus d'elle-même. Elle n'aurait pas assez d'énergie pour lutter.

— Tu as toujours eu du désir pour moi, Giselle, chuchota-t-il.

— C'est ce que tu crois.

— Je le sais.

Elle lui fit face, un éclair de rage au fond des yeux.

— J'ai hâte qu'arrive la fin du mois pour être définitivement débarrassée de toi.

Il la scruta longuement tandis qu'elle s'efforçait de paraître froide, indifférente.

— Tu devrais aller te coucher, dit-il en caressant du pouce sa lèvre inférieure. Le voyage sera long demain, même en classe affaires.

— Comment ? s'écria-t-elle, moqueuse. Tu n'as plus de jet privé ?

L'expression d'Emilio demeura indéchiffrable.

— Je n'attache guère d'importance à ces signes extérieurs de richesse. Je préfère dépenser mon argent autrement.

— A quoi, par exemple ?

Il s'écarta brusquement.

— Bonne nuit. A demain matin.

— C'est déjà le matin, répondit-elle, juste pour le plaisir d'avoir le dernier mot.

Mais il avait déjà quitté la pièce.

4.

Giselle ne réussit pas à fermer l'œil. Même les comprimés que son médecin lui avait prescrits quand elle avait perdu Lily restèrent sans effet. Elle se tourna et se retourna dans son lit en pensant à Emilio et au mois interminable qui s'annonçait.

Elle finit par se lever pour ouvrir sa valise et en sortir la couverture de Lily, qu'elle serra contre elle comme si son bébé en était encore enveloppé. Des larmes brûlantes coulèrent sur ses joues. Combien de nuits avait-elle déjà passées ainsi ? Quand cette douleur cesserait-elle ?

Elle s'assoupit finalement car trois coups brefs frappés à sa porte l'éveillèrent en sursaut.

— Il est temps de te lever, Giselle. Il est 7 heures.

— Je suis réveillée !

Elle rangea la couverture de Lily et se dirigea vers la salle de bains.

Emilio se versait une tasse de café quand Giselle le rejoignit, une expression stoïque figée sur le visage, comme une condamnée à mort prête pour l'échafaud.

— Tu as bien dormi ? s'enquit-il.

— Comme une souche.

Il en doutait. Elle était livide, avec des cernes violets sous les yeux.

— Sers-toi, dit-il en montrant le plateau du petit déjeuner.

— Je n'ai pas faim.

— Une grève de la faim ne changera rien à la situation.

Elle le foudroya du regard.

— Tu n'as tout de même pas l'intention de me forcer à manger ?

— Tu as besoin de t'alimenter. Sinon, tu vas tomber malade. Tu as déjà perdu trop de poids.

— Ta dernière petite amie était beaucoup plus mince que moi, observa-t-elle d'un ton caustique. C'était la top model qui présente souvent des maillots de bain, n'est-ce pas ? A moins que je la confonde avec cette horrible mondaine…

Elle tapota un doigt sur ses lèvres comme pour chercher un souvenir dans sa mémoire.

— Comment s'appelait-elle, déjà ? Arabella ? Amanda ? Ariella ?

— Assieds-toi, grinça Emilio en lui tirant sa chaise.

Elle lui lança un regard noir.

— Tu aurais pu économiser beaucoup d'argent en achetant un chien pour obéir à tes ordres.

— C'est beaucoup plus amusant avec toi. A présent, mange.

Elle planta sa fourchette dans une tranche de bacon.

— Avec la mine épouvantable que tu as, tu n'as pas dû très bien dormir non plus, lança-t-elle perfidement.

— Merci pour le compliment.

— De rien.

Emilio contempla un instant les lèvres pulpeuses qui l'avaient en effet tenu éveillé pendant la fin de la nuit. Puis il tenta de se ressaisir.

— Tu prends du thé ou du café ?

— Du thé.

— Avec du lait et du sucre ?

Elle haussa les sourcils.

— Tu ne t'en souviens pas ? Ou alors toutes les femmes que tu as connues depuis ont singulièrement émoussé tes souvenirs...

Emilio pinça les lèvres. Il n'était pas très fier de la vie qu'il avait menée depuis leur séparation, et Giselle s'y entendait pour retourner le couteau dans la plaie.

— Noir avec un sucre, dit-il.

Elle appuya de ses deux mains croisées sur un champignon imaginaire, comme dans un jeu télévisé.

— Bip ! Mauvaise réponse.

Il fronça les sourcils.

— Tu es sûre ?

— D'après toi ? ironisa-t-elle.

— Quand as-tu arrêté de prendre du sucre ?

— Quand j'étais...

Elle s'interrompit brutalement et baissa les yeux sur son assiette.

— Qu'allais-tu dire ? enchaîna Emilio.

Elle repoussa sa chaise.

— Je dois me dépêcher. J'ai encore mes bagages à faire.

— Tu n'as pas défait ta valise, remarqua-t-il.

Elle ébouriffa ses cheveux.

— Il faut que je me coiffe et que je me maquille.

— Tu noies le poisson.

Son ex-fiancée se mordit la lèvre ; elle avait l'air si vulnérable, tout à coup, qu'il eut pitié d'elle.

— Tu souffres ? demanda-t-il.

Elle détourna le regard.

— J'ai connu pire.

Un silence tomba entre eux. Il le rompit d'un ton grave :

— Je suis désolé.

— Pourquoi ? Parce que tu m'as rejetée loin de toi

48

ou parce que tu m'as soudoyée pour essayer de nous réconcilier ?

Il la scruta longuement.

— Je ne suis pas fier de la manière dont je me suis comporté avec toi, je te l'ai déjà dit. J'espère avoir une chance de me racheter. Cela a dû être horrible pour toi quand je t'ai demandé de partir alors que tu étais innocente de ce dont je t'accusais.

Giselle affecta une fausse désinvolture.

— Ce qui ne nous tue pas nous rend plus fort, n'est-ce pas ?

Emilio contempla un instant sa frêle silhouette.

— Tu n'es pas devenue plus forte, *cara*, répliqua-t-il doucement. Tu fais juste semblant.

— Ne m'appelle pas ainsi, dit-elle en évitant son regard.

— C'est comme cela que je t'appelais avant.

— Précisément. Or, tout a changé.

— Pas tant que cela. Nous sommes de nouveau ensemble.

— Seulement pour un mois, précisa-t-elle sur un ton de défi.

Il but posément une gorgée de café.

— Qui sait si tu ne décideras pas de rester plus longtemps...

— Non merci. Je ne suis pas ton jouet.

— Tu avais accepté de devenir ma femme.

Elle le toisa.

— Pourquoi voulais-tu m'épouser, Emilio ? Pourquoi n'as-tu pas choisi une des innombrables bimbos qui m'ont précédée ? Qu'avais-je donc de spécial ?

Il reposa sa tasse.

— Tu connais déjà la réponse.

— Parce que j'étais vierge ? Quelle chose extraordinaire à notre époque, n'est-ce pas ? J'étais la candidate parfaite. Jusqu'à ce qu'éclate cet horrible scandale, en tout cas. Alors, subitement, je suis devenue sans valeur, indigne de toi puisque tu ne supportes pas la moindre imperfection.

Emilio se rembrunit.

— Nous partons dans un peu moins d'une heure. Ai-je besoin de te rappeler que tes moindres faits et gestes seront scrutés et analysés dès que nous quitterons cet hôtel ? Je ne tolérerai ni insultes ni provocations en public, que ce soit devant mes domestiques ou les journalistes. Si tu veux te disputer avec moi, aie au moins la décence d'attendre que nous soyons seuls.

Giselle lui lança un regard affolé.

— Je ne dois tout de même pas faire semblant d'être amoureuse ?

— Si. Aux yeux du monde, nous avons entamé une réconciliation.

L'estomac de Giselle se contracta.

— Je ne peux pas.

— Tu es obligée. Je ne te paye pas deux millions de dollars pour que tu me jettes des regards assassins devant tout le monde. Si tu ne t'en sens pas capable, dis-le-moi tout de suite, et je déchire le contrat.

Giselle hésita. D'un côté elle avait envie de reprendre sa liberté mais d'un autre, elle voulait se prouver qu'elle était assez détachée pour jouer cette comédie. Finalement, un mois serait vite passé. D'autant qu'en privé elle pourrait être elle-même.

— D'accord, lança-t-elle résolument en croisant mentalement les doigts.

Heureusement, aucun représentant de la presse australienne ne s'était déplacé à l'hôtel d'Emilio, qu'ils purent quitter tranquillement. Ce fut une autre histoire lorsqu'ils atterrirent à l'aéroport Léonard de Vinci, à Rome. A peine la douane franchie, les paparazzis s'agglutinèrent autour d'eux comme un essaim d'abeilles. Sous le crépitement des flashes, Giselle eut la désagréable impression de revenir deux ans en arrière, au temps du scandale. Dans l'avion, elle avait fait mine de dormir pour ne pas être obligé d'entretenir la conversation avec Emilio. A présent, la réalité la rattrapait. Assaillie, elle avait le sentiment d'étouffer. Le cœur battant, elle crut qu'elle allait s'évanouir.

Les questions et les commentaires fusaient de toutes parts, comme le feu d'une mitrailleuse. Les souvenirs l'envahirent. Déjà à l'époque de sa relation avec Emilio, les indiscrétions des journalistes la mettaient mal à l'aise. Elle se sentait continuellement observée. De temps à autre, des rumeurs circulaient sur l'un ou l'autre. Habitué à être dans la lumière des projecteurs, Emilio en riait. Mais Giselle ne s'y était jamais habituée.

Emilio passa un bras protecteur autour de sa taille, comme s'il voulait la défendre contre les intrusions. Sans l'échange un peu vif qui avait eu lieu au petit déjeuner, elle aurait presque pu y croire. Elle savait néanmoins qu'il se souciait davantage de sa réputation personnelle que du bien-être de sa compagne.

Un journaliste lui tendit un micro.

— *Signor* Andreoni, vos projets de mariage avec la *signorina* Carter sont-ils remis au goût du jour ?

— Nous n'avons encore rien décidé, répondit Emilio.

Giselle avait appris un peu d'italien, mais pas suffisamment pour comprendre des gens qui parlaient très vite. Le mot *matrimonio* excita naturellement sa curiosité. Que racontait Emilio, exactement ?

— *Signorina* Carter ?

Cette fois-ci, le journaliste s'adressa à elle en anglais :

— Vous êtes heureuse de retrouver Emilio Andreoni ?

— Euh... Oui, très... bredouilla-t-elle.

— Deux ans se sont écoulés depuis votre rupture très médiatisée. Vous avez dû vous sentir soulagée lorsque la vérité a enfin éclaté au sujet de la personne qui avait tourné dans la *sex-tape*.

Embarrassée, Giselle n'avait pas envie de parler de la vie privée de sa sœur. Sienna avait d'ailleurs refusé de lui donner des détails au sujet de cet incident ignominieux, qui lui avait apparemment beaucoup nui à elle aussi.

— Je suis très contente d'avoir retrouvé ma sœur, déclara-t-elle. L'épreuve que j'ai traversée aura au moins eu ce bénéfice.

— Votre jumelle a-t-elle l'intention de venir vous voir maintenant que vous allez vous installer en Italie ?

— Je n'ai pas l'intention...

Emilio l'interrompit.

— Nous sommes tous les deux très impatients de recevoir Sienna Baker. A présent, si vous voulez bien nous excuser, on nous attend.

— *Signorina* Carter, une dernière question...

— *Basta*, coupa Emilio avec autorité.

Il la prit par le coude pour la conduire jusqu'à la limousine qui les attendait.

— Rappelle-toi ce que je t'ai dit ce matin, maugréa-t-il quand ils furent installés sur la banquette arrière. Surveille tes propos.

Giselle hocha la tête, maussade. Maintenant, il était trop tard pour reculer.

Elle regarda par la vitre. Son cœur se serra quand le Colisée apparut brusquement. Elle se souvenait encore de l'excitation de son premier voyage en Italie, après sa rencontre avec Emilio. A l'époque, elle suivait un cours de broderie à l'Ecole d'arts appliqués de Londres. Invitée à la dernière minute par une amie, elle l'avait accompagnée à une exposition, dans un hôtel particulier. Quelques minutes à peine après leur arrivée, Giselle avait croisé le regard d'un homme fier et imposant, à l'allure aristocratique. Il s'était aussitôt approché d'elle en se frayant un passage à travers les groupes compacts. Le cœur battant, elle avait suivi sa progression dans la foule, en se demandant ce qui se passait. Moins d'une semaine plus tard, elle était follement amoureuse d'Emilio Andreoni.

— J'ai une nouvelle gouvernante, annonça-t-il en rompant le silence. Elle s'appelle Marietta.

— Qu'est-il arrivé à Concetta ? demanda Giselle en fronçant les sourcils.

— Je l'ai renvoyée. Le lendemain de ton départ, ajouta-t-il en pinçant les lèvres.

— Pourquoi ? Elle était parfaite, non ?

— Oui. Mais elle avait franchi une frontière inacceptable en se permettant des commentaires désobligeants. Elle avait pris ta défense et critiqué ma décision.

Giselle eut un sourire moqueur.

— Tu n'as pas songé à lui demander de revenir en même temps que moi ?

— Elle n'a pas voulu, grommela-t-il.

— Tu aurais dû lui proposer un ou deux millions, railla-t-elle.

Il ne répondit rien et se contenta de serrer les mâchoires.

Le chauffeur se gara devant la villa d'Emilio, dans le quartier chic, tout près du parc de la Villa Borghese. Giselle eut un nouveau coup au cœur en descendant de voiture. Deux ans plus tôt, elle avait eu un véritable coup de foudre pour ce magnifique édifice de trois étages posé au milieu d'un immense jardin.

La nouvelle gouvernante les accueillit respectueusement sur le perron pendant que le chauffeur s'occupait des bagages.

— *Bentornati*, *Signorina* Carter. Bon retour. Et toutes mes félicitations pour vos fiançailles.

— *Grazie*, répondit Giselle avec un sourire forcé, tout en refoulant sa colère.

« Vos fiançailles » ? Qu'avait raconté Emilio ? Comment osait-t-il la mettre dans une situation aussi inconfortable ?

Il se tourna vers elle, après avoir échangé quelques mots en italien avec son employée.

— Marietta va défaire ta valise pendant que tu te reposes un peu.

— Euh… Je préfère m'en occuper moi-même, répondit-elle en cherchant un prétexte. Je… euh… J'ai un peu honte de mes vieux vêtements. J'ai besoin de renouveler ma garde-robe.

Emilio la considéra un instant, une expression illisible sur le visage.

— Ne sois pas gênée. Je veillerai à t'offrir ce dont tu as besoin.

— Je préfère malgré tout ranger mes affaires moi-même. Je n'ai plus l'habitude d'avoir des domestiques.

— Comme tu voudras.

Elle poussa un soupir de soulagement. Elle n'avait vraiment pas envie que quelqu'un touche à la couverture de Lily…

Emilio prit sa main gauche et caressa la dernière phalange de son annulaire en soutenant son regard.

— Je vais te redonner ta bague de fiançailles. Elle est rangée dans le coffre-fort de mon bureau.

Giselle ouvrit de grands yeux.

— Tu as réussi à la récupérer ?

— Oui. Il a fallu trois ouvriers pour démonter la fontaine du jardin, mais ils y sont arrivés.

Marietta se retira, et Emilio la conduisit à son bureau. A présent qu'ils étaient seuls tous les deux, Giselle s'autorisa à exploser de fureur.

— Je n'ai jamais accepté de nouvelles fiançailles avec toi ! Ce n'est pas dans le contrat !

Emilio garda son calme et la raisonna comme une enfant capricieuse.

— Détends-toi, *cara*. Ce n'est pas la peine de te mettre dans un état pareil. Une crise d'hystérie n'arrangera rien.

— Je ne suis pas hystérique ! hurla Giselle en tapant du pied.

— Ne crie pas ainsi, s'il te plaît.

Elle serra les poings.

— Je ne porterai pas cette bague.

— *Cara*, tu es fatiguée et nerveusement épuisée. C'est simplement un signe de notre réconciliation, un symbole.

Elle le foudroya du regard.

— Tu penses que cela te donnera le droit de coucher avec moi ?

— Tu dormiras de toute façon avec moi, bague ou pas bague, décréta-t-il. Tu partages ma chambre. Il n'est pas question d'un autre arrangement. Les domestiques ne doivent rien soupçonner.

Giselle avait l'impression de se débattre dans le vide.

— Je préférerais dormir par terre plutôt qu'avec toi.

— De toute façon, tu ne dors plus guère par les temps qui courent, même si tu as fait semblant dans l'avion. Le manque de sommeil altère ton humeur. Tu es très énervée et horriblement contrariante.

Elle lui fit face avec colère. La clairvoyance d'Emilio

l'horripilait. Et puis elle ne faisait pas confiance à son inconscient : comme si Lily ne suffisait pas à hanter ses cauchemars, combien de fois s'était-elle réveillée le matin en cherchant machinalement le contact de son ex ?

Pendant qu'il ouvrait le coffre-fort, elle se raidit, se préparant à affronter une nouvelle épreuve. La première fois qu'Emilio avait glissé cette bague à son doigt, elle avait été transportée de joie. Il l'avait alors regardée avec cette indulgence amusée qui aujourd'hui la mettait hors d'elle. Elle s'était bien trompée en croyant naïvement qu'il l'aimait. Il l'avait choisie uniquement en fonction de critères objectifs, en cochant des petites cases.

— Donne-moi ta main, ordonna Emilio.

Elle obéit avec raideur, absente.

— Tu ne vas pas me rejouer la scène de la demande en mariage, au moins ? ironisa-t-elle.

— Je l'ai envisagé, mais j'ai finalement repoussé l'idée.

— Pourquoi ? Tu as peur de ma réponse ?

Il garda un instant ses doigts entre les siens.

— Tu dirais non ? lança-t-il, moqueur à son tour.

— Essaye, tu verras bien, répliqua-t-elle en redressant fièrement le menton.

Il lâcha un petit rire.

— En y mettant le prix, je suis sûre que tu accepterais.

Puis il se pencha pour embrasser sa main.

Quand ses lèvres remontèrent à l'intérieur de son poignet, Giselle réprima un frisson. Elle avait envie de fermer les yeux pour se perdre dans la magie des sensations qu'évoquait ce geste.

— Arrête, dit-elle sans conviction.

Il appuya un instant les lèvres à l'endroit où battait son pouls ; elle retint un gémissement. Il ne fallait pas lui montrer à quel point son contact l'affectait. Seigneur ! Il brisait ses défenses avec une aisance si étonnante. Elle avait les jambes en coton. Des picotements couraient tout le long de sa colonne vertébrale. Où étaient ses belles résolutions, et surtout la colère dont elle avait tant besoin pour la soutenir dans son combat ?

— Tu as un goût de frangipanier et de chèvrefeuille, murmura Emilio.

Il se mit à mordiller délicatement la chair de son avant-bras. Giselle se contracta pour résister aux réactions traîtresses de son corps. Tiendrait-elle longtemps s'il continuait ? C'était une véritable torture de s'empêcher de répondre comme elle en avait envie…

Elle saisit le premier prétexte qui se présenta à son esprit :

— J'ai besoin de prendre une douche.

— Prenons-la ensemble, suggéra-t-il.

Les images que suscitèrent immédiatement ces simples mots ajoutèrent à son supplice. Giselle lutta désespérément pour les refouler, mais une scène très précise s'imposa à sa mémoire, avec des détails si crus qu'elle en rougit.

— Non, dit-elle en tentant de se dégager.

Il la dévora des yeux tout en la serrant fermement contre lui.

— Tu ne tarderas pas à changer d'avis, *cara*. Nous le savons tous les deux, n'est-ce pas ?

— Lâche-moi ! articula-t-elle avec froideur, en détachant chaque syllabe.

Avant d'obtempérer, il déposa un baiser furtif sur ses lèvres.

— Va te reposer. Nous nous retrouverons pour dîner.

Privée tout à coup du contact avec Emilio, Giselle fut curieusement désorientée. Elle passa le bout de la langue sur ses lèvres brûlantes, comme pour chercher le goût de ce baiser trop rapide.

Le bruit de la porte qui se refermait la ramena à la réalité. Emilio était parti.

Giselle redoutait de revoir la chambre où elle avait vécu tant de nuits inoubliables. Mais la décoration avait été entièrement refaite, peut-être pour effacer toute trace des nuits qu'elle y avait passées. Il régnait maintenant dans la suite de maître une atmosphère vénitienne, tout en noir et or. Des lampes de chevet en cristal incrusté d'onyx étaient disposées de part et d'autre du lit immense ; un tapis d'Orient en fils de soie recouvrait le parquet ancien.

La salle de bains attenante était en marbre noir, avec des robinets en or et des miroirs sur tous les murs. De grandes serviettes moelleuses, d'un blanc immaculé, étaient méticuleusement pliées sur une console.

Le décor décadent et luxueux se prêtait parfaitement à des scènes de séduction, songea Giselle en sortant sur la terrasse qui donnait sur les superbes jardins. Des senteurs de roses flottaient dans l'air printanier. Un sentier bordé de lavandes conduisait à une jolie fontaine, dont le doux murmure l'avait maintes fois bercée dans son sommeil. Elle aimait, autrefois, s'endormir dans les bras d'Emilio en écoutant ce ruissellement qui lui soufflait des rêves d'avenir radieux…

Elle retourna à l'intérieur avec un soupir. Le passé était loin derrière.

Elle chercha une autre chambre et en trouva une au bout du couloir, décorée dans des tons clairs, blanc et crème ; elle donnait également sur les jardins. Après avoir rangé ses vêtements dans le dressing, elle déposa la couverture et les photos de Lily dans un tiroir qu'elle referma doucement.

Une immense lassitude l'envahit soudain, si accablante qu'elle eut à peine conscience d'ôter ses chaussures avant de s'effondrer sur le lit.

Après avoir ouvert plusieurs portes, Emilio finit par trouver Giselle dans la chambre la plus éloignée de la sienne. Ainsi endormie, ses cheveux blonds étalés sur l'oreiller, elle avait l'air d'un ange, presque irréelle. Comment s'y prendrait-il pour arriver à éteindre la colère volcanique qui bouillonnait encore en elle ? Il lui faudrait s'armer de patience et de délicatesse.

Rétrospectivement, il se rendait compte du mal qu'il lui avait fait. Il l'avait chassée comme une vulgaire intrigante, comme une aventurière qui aurait jeté son dévolu sur un parti intéressant. En agissant ainsi, il avait en réalité brisé la vie d'une jeune femme innocente et éperdument amoureuse.

Comment avait-elle réussi à surmonter ce terrible coup du sort ? Qui l'avait aidée ?

Il avait peur d'imaginer ce qu'elle avait ressenti le soir où il l'avait mise dehors… Le choc et la peur en voyant son fiancé fou furieux, incapable de discuter, d'écouter ses arguments, avaient dû la plonger dans une extrême détresse. *Dìo !* Il aurait pu lui arriver n'importe quoi, cette nuit-là. Et aujourd'hui il se sentait horriblement coupable.

Il la contemplait pensivement quand elle commença à s'agiter. On aurait dit qu'elle cherchait quelque chose sur le lit, à côté d'elle. Brusquement, une grimace déforma son beau visage, et elle se mit à pousser des cris à fendre l'âme.

— Non ! Oh non… Non !

— Chut, Giselle, tout va bien, murmura Emilio en s'approchant.

Elle ouvrit les yeux. Son expression désorientée vira à l'hostilité dès qu'elle l'aperçut.

— Que fais-tu ici ? s'écria-t-elle en se redressant.

— Désolé de te le faire remarquer, mais je suis chez moi dans cette villa.

— Cela ne t'autorise pas à te glisser furtivement dans ma chambre.

— Et d'une, ce n'est pas ta chambre. Et de deux, tu faisais un cauchemar et tu pleurais dans ton sommeil. J'ai juste voulu te consoler.

Elle se mordit la lèvre en rougissant et détourna les yeux. Emilio lui prit le menton dans la main pour l'obliger à le regarder.

— Tu fais souvent des mauvais rêves, *cara* ?

— Non… Quelquefois…

Il lui caressa doucement la joue.

— J'aimerais pouvoir effacer ces deux dernières années, reprit-il. Je voudrais remonter le temps pour reprendre ces mots horribles que je t'ai jetés à la figure.

Elle ne répondit rien et se contenta de le toiser d'un air accusateur.

— Qu'as-tu fait, la nuit où je t'ai mise dehors ? demanda Emilio.

— J'ai fini par trouver un hôtel, après m'être débarrassée des paparazzis. Et j'ai pris le premier avion pour Sydney dès le lendemain.

— Tu n'as jamais essayé de me recontacter. Pas une seule fois.

Elle se hérissa, et une lueur assassine traversa ses prunelles.

— Tu me l'avais interdit, tu ne te rappelles pas ?

Il la considéra pendant un long moment avant de laisser retomber sa main.

— Le dîner sera servi dans une demi-heure. A plus tard.

5.

Après avoir pris une douche, Giselle s'habilla d'un fourreau couleur taupe, enfila des chaussures à talons et noua ses cheveux en chignon. Puis elle se maquilla très légèrement. L'anneau de sa bague de fiançailles était maintenant trop lâche autour de son doigt, et le gros solitaire n'arrêtait pas de tomber du mauvais côté. Etait-ce un mauvais présage ?

Emilio était au *salone* lorsqu'elle descendit. Debout devant la fenêtre, il se retourna à son approche et l'enveloppa d'un regard doux comme une caresse.

— Tu es belle.

Elle rougit malgré elle.

— Merci.

— Veux-tu un apéritif ?

— Euh… Un verre de vin blanc alors, avec plaisir.

— Tu te sens plus reposée ? demanda-t-il en la servant.

— Oui.

Elle but une longue gorgée pour calmer sa nervosité.

— Pourquoi n'as-tu pas rangé tes affaires dans ma chambre, comme convenu ?

Elle se crispa.

— Tu ne peux pas me forcer à partager ton lit. J'ai besoin de temps. C'est un grand pas, pour moi.

— La nouvelle décoration ne te plaît pas ?

— Apparemment, tu t'es appliqué à effacer toute trace de mon passage.

— J'avais besoin de changer de décor.

— Il a plu à tes maîtresses ?

Emilio leva les yeux au ciel.

— S'il n'est pas à ton goût, nous pouvons occuper une autre chambre. Mais en tout cas, nous dormirons ensemble, Giselle. Je ne veux pas susciter des rumeurs sur nos relations.

— Tu m'as remplacée aussitôt après mon départ ? questionna-t-elle de but en blanc.

Elle vit Emilio serrer les dents.

— Giselle, cela ne sert à rien…

— Combien y en a-t-il eu ?

— Je pourrais te poser la même question.

— Eh bien vas-y. Pose-la-moi.

Il soupira.

— Combien d'hommes as-tu connu depuis notre rupture ?

Giselle regretta aussitôt d'avoir provoqué Emilio. Etait-elle capable de mentir pour se venger et lui faire mal ? Mais à quoi bon inventer des amants imaginaires dont aucun, de toute façon, ne serait arrivé à la cheville de son ex ? D'ailleurs, ne soupçonnait-il pas la vérité ? N'était-elle pas trahie par ses réactions exacerbées ?…

— Il n'y a eu personne, dit-elle après un silence tendu.

— Giselle…

— Ne t'y trompe pas, le coupa-t-elle vivement. Les occasions n'ont pas manqué. Simplement, je ne voulais rien précipiter. Et ne va pas t'imaginer que j'attendais un signe de toi, parce que ce n'est pas le cas.

Emilio retourna se placer devant la fenêtre, le dos tourné.

— Me croirais-tu si je t'avouais que je songeais à

te contacter avant même d'avoir lu l'article révélant l'existence de Sienna ?

Le cœur de Giselle cogna un peu plus fort dans sa poitrine.

— Pourquoi ?

Il lui fit face avec une expression qu'elle ne sut interpréter.

— Je ne suis pas très sûr. Sans doute pour voir si tu t'étais mieux remise que moi.

— Que veux-tu dire ?

— La colère et l'amertume sont mauvaises conseillères. Elles m'ont rongé jusqu'à l'obsession pendant deux ans. J'étais arrivé à un point où j'avais envie de tirer un trait. Cela m'aurait aidé de savoir pourquoi tu m'avais trahi.

— Je ne t'ai pas trahi.

Il poussa un long soupir.

— Non, c'est vrai. Et maintenant je vais devoir vivre avec le remords. Je n'ai pas l'habitude de commettre des erreurs de jugement. Je ne me trompe jamais.

Contrairement à lui, Giselle n'était pas prête à abandonner la colère qui la consumait de l'intérieur au point de lui ôter le sommeil la nuit.

Marietta arriva à ce moment-là pour annoncer le dîner ; Giselle suivit Emilio dans la salle à manger.

La table était dressée pour un tête-à-tête romantique, avec des chandelles et un bouquet de fleurs du jardin au milieu. Combien de fois par le passé Giselle s'était-elle assise là en imaginant les rires d'enfant qui se mêleraient à leurs bavardages ? Comme ces rêves semblaient lointains, à présent…

Emilio lui tira galamment sa chaise avant de prendre place.

— J'ai repensé à ton projet professionnel, dit-il. Est-ce que tu sous-traites une partie de ta production ?

— Non. Je fais tout moi-même sur commande. Cela me permet de personnaliser mes créations en tenant compte des goûts des clients.

Emilio se pencha pour remplir son verre.

— Mais tu ne pourrais plus répondre à la demande si les ventes décollaient brusquement, si ?

— Jusqu'ici, cela ne m'a pas posé de problème.

— Mais cela risque de changer très vite si ton affaire se développe. Même si tu délègues une partie de ton travail, tu pourras choisir tes brodeuses et continuer à contrôler la qualité.

— J'adore mon métier, lança-t-elle, sur la défensive. Je ne veux pas risquer de diluer ma créativité.

— Il n'en est pas question, *cara*. Tu as énormément de talent. Mais quand un marché s'étend, il faut pouvoir répondre à la demande.

Giselle pinça les lèvres.

— D'accord, j'y réfléchirai.

Il lui prit la main avec un soupir.

— Regarde-moi, ordonna-t-il doucement.

Elle leva des yeux pleins de ressentiment.

— Je ne te laisserai pas contrôler mon existence, déclara-t-elle résolument. Je m'en suis parfaitement sortie sans toi jusqu'ici.

— Je le sais. J'essaye simplement de t'aider pour maximiser tes profits. Au moins, même si cela ne marche pas entre nous, tu auras gagné une assise financière plus solide.

Marietta arriva avec les *antipasti*, et Emilio changea de sujet. Giselle s'efforça de faire honneur à la cuisine, délicieuse, mais la présence d'Emilio l'emplissait d'un mélange de nervosité et d'excitation qui lui gâtait l'appétit. Comment serait-elle restée insensible à son sourire charmeur, à l'éclat sensuel de ses yeux ?

Après leur avoir servi le café dans le *salone*, Marietta avertit Emilio qu'elle rentrait chez elle.

— Elle n'habite pas ici, comme Concetta avant elle ? demanda Giselle.

— Non. Elle a un mari et deux filles. Le plus souvent, elle s'en va en fin d'après-midi.

— Dans ce cas, je n'ai aucune raison de dormir dans ta chambre pour donner le change, se réjouit-elle.

L'expression d'Emilio se durcit.

— Elle prend son service de très bonne heure le matin. Tu t'imagines courir dans le couloir pour me rejoindre au moment où elle met le pied dans la maison ?

Giselle se leva, agitée.

— De nombreux couples ne dorment pas ensemble. Mes parents, par exemple, ont fait chambre à part pendant la plus grande partie de leur vie.

Emilio la rejoignit et prit fermement ses mains dans les siennes.

— Ce n'est pas ainsi que j'envisage notre relation. Pourquoi gaspilles-tu ton énergie à combattre l'inéluctable ? Je sais combien tu as souffert à cause de moi et je comprends ta colère. Mais ce n'est pas une raison pour saper tous mes efforts de réconciliation.

— Certaines choses sont irréparables, observa-t-elle en baissant les yeux.

Quand il commença à caresser l'intérieur de ses poignets, un frémissement incoercible la parcourut. Sa féminité répondait instinctivement à l'appel de sa virilité. Le désir se ranimait entre ses cuisses, avec une pulsation précipitée…

Emilio glissa un doigt sous son menton pour l'obliger à le regarder.

— Contre qui te bats-tu, *cara* ? demanda-t-il. Contre moi ou contre toi-même ?

Elle passa le bout de la langue sur ses lèvres sèches, en essayant, vainement, de se dégager.

— Je te hais, murmura-t-elle.

Cependant, le ressentiment de la veille avait déjà diminué d'intensité.

— Cela ne nous empêche pas de bien nous accorder physiquement, répondit Emilio.

De ses lèvres, il traça une ligne de feu sur sa mâchoire, jusqu'à l'oreille. Quand il se mit à en mordiller le lobe, Giselle vacilla avec un petit gémissement. Puis, sans pouvoir s'en empêcher, elle tourna imperceptiblement le visage vers le sien.

La bouche d'Emilio scella sur ses lèvres un baiser sensuel et érotique. Sous cette caresse, elle s'ouvrit à lui comme une fleur. Leurs souffles et leurs langues se mélangèrent dans un rituel magique qui résonna au plus profond de son être, réveillant des sensations enfouies. Et lorsqu'il lui enserra la nuque de sa paume, un délicieux frisson courut le long de sa colonne vertébrale.

Même si Emilio se contrôlait et paraissait parfaitement maître de lui-même, elle sentait poindre en lui une urgence qui ne tarderait pas à se faire impérieuse. Pressant son autre main au creux de ses reins, il la serrait de toutes ses forces contre ses hanches. Envahie par un maelström d'émotions, la peau hérissée de picotements, Giselle eut une folle envie de se laisser aller. C'était si bon de renaître au désir, avec cette énergie sexuelle qui la traversait et l'embrasait. Un gémissement sourd s'échappa de sa gorge serrée.

— J'ai envie de toi, souffla-t-il.

On aurait dit un loup affamé. Leurs bouches se frottaient maintenant avec une sorte de voracité. Giselle n'avait pas besoin de parler, son corps s'exprimait pour elle. Les pointes de ses seins étaient dures et son ventre se tendait contre le sexe érigé d'Emilio.

Il fit glisser la fermeture Eclair de sa robe pour promener les mains sur sa peau nue. Giselle tangua, comme sous l'effet d'une ivresse légère, tandis qu'il dégrafait son soutien-gorge. Elle fut bientôt presque nue devant lui, juste vêtue de sa petite culotte et de ses talons. Il embrassa un sein, puis l'autre. Emportée par un ravissement sans nom, Giselle émit des petits gémissements ravis. Quel bonheur d'offrir sa peau aux baisers de l'homme qu'elle avait tant aimé, avec sa barbe naissante qui la râpait délicieusement !

Elle entreprit de déboutonner sa chemise pour goûter de nouveau sa peau. Puis elle défit la boucle de sa ceinture et glissa la main dans son caleçon, empoignant son phallus.

— J'étais sûr que tu reviendrais vers moi, affirma Emilio d'une voix rauque. Je savais que tu ne pourrais pas résister.

Tant d'arrogance fit à Giselle l'effet d'une douche froide et tempéra un peu son ardeur. Se pensait-il à ce point irrésistible ? La croyait-il à ce point prévisible ? Pensait-il qu'une scène de séduction suffirait à effacer tout ce qui s'était produit ?

Elle s'écarta légèrement.

— Attends.

Il fronça les sourcils.

— Tout va bien ?

Giselle s'obligea à calmer sa respiration et croisa les bras sur sa poitrine.

— Je ne peux pas…

— Montons à l'étage, suggéra Emilio.

— Non.

— Non ?

— Je suis désolée, dit-elle en se penchant pour ramasser sa robe et son soutien-gorge.

Les joues brûlantes, elle se rhabilla avec autant de dignité que possible et remit de l'ordre dans ses cheveux.

— Je suis désolée, Emilio, répéta-t-elle. J'aurais dû t'arrêter avant. Je ne sais pas à quoi je pensais. Tu me fais perdre la tête.

Avec un petit rire ironique, elle ajouta :

— Voilà au moins une chose qui n'a pas changé en deux ans.

Il l'effleura d'une caresse.

— J'aime quand tu ne réfléchis pas et que tu te contentes d'accueillir tes émotions.

Giselle se mordit la lèvre.

— Le temps m'a paru très long, chuchota-t-elle.

Il plongea les yeux dans les siens, avec une tendresse surprenante.

— Je sais. Je ne veux surtout rien précipiter entre nous. Le plaisir doit revenir intact. Je veux en savourer chaque seconde avec toi.

— On dirait que je t'ai manqué, observa-t-elle avec une pointe de nostalgie.

— Les premiers jours après ton départ m'ont infligé une douleur presque intolérable. Le contrat que j'étais en train de négocier m'a échappé. Mon client, un bon père de famille traditionaliste et très conservateur, s'est adressé à un autre architecte, qui était malheureusement mon rival le plus acharné. J'étais à ce point aveuglé par la rage que je t'ai rendue responsable de mon échec. J'ai connu alors des difficultés professionnelles dont j'ai eu beaucoup de mal à me relever. Par la suite, mon métier est devenu une véritable obsession, une sorte de drogue.

J'ai seulement commencé à sortir la tête hors de l'eau quand j'ai pris l'avion pour venir te voir à Sydney.

Emilio l'avait toujours impressionnée par son énorme capacité de travail. Elle admirait en lui cette force qui l'avait lancé à la poursuite de son rêve d'enfant. Grâce à sa détermination et à son courage, il s'était construit une notoriété mondiale dans le domaine du design et de l'architecture.

Son orgueil avait dû subir un rude coup quand Emilio avait pris conscience de la terrible erreur qu'il avait commise avec elle — elle le soupçonnait d'ailleurs de faire amende honorable uniquement par souci de sa réputation, et non parce que son cœur lui dictait sa conduite. D'ailleurs, il n'avait pas de cœur. C'était un homme insensible, solidement retranché derrière ses défenses. Une enfance douloureuse lui avait laissé des cicatrices mal refermées. Giselle l'avait perçu très vite et s'était imaginé qu'elle saurait le guérir. Quelle méprise ! Aucun amour ne viendrait jamais à bout de sa méfiance instinctive, viscérale, dont elle avait été la première victime.

— As-tu parlé de nous à Sienna ? demanda Emilio.

— Pas en détail. Je ne voudrais pas qu'elle se sente responsable de ce qui s'est passé. Même si nous sommes jumelles, nous sommes des étrangères l'une pour l'autre. Il nous faudra du temps pour apprendre à nous connaître.

— Tu l'as trouvée sympathique ?

Giselle songea à la nature généreuse et impulsive de sa sœur. Cette femme qui avait elle aussi traversé bien des épreuves était un peu extravagante et écorchée vive, mais il était impossible de ne pas l'aimer.

— Elle est pleine de vivacité, insolente et sophistiquée, répondit Giselle. Mais la presse ne la dépeint pas sous un jour très favorable en la décrivant comme une hédoniste immorale. Elle cache probablement un tempérament hypersensible derrière une façade faussement superficielle.

— Je dois rencontrer un client à Londres à la fin du mois, annonça Emilio. Tu pourrais m'accompagner. Cela te permettrait de passer du temps avec elle pendant que je travaille.

— Cela me ferait plaisir de la voir. Mais je ne veux pas lui raconter de mensonges à notre sujet. C'est très différent de jouer la comédie pour les journalistes ou pour sa sœur.

— Nos relations auront peut-être évolué d'ici là, *cara*, dit Emilio en passant le pouce sur ses lèvres.

Giselle frissonna. Il voyait juste : elle luttait davantage contre elle-même que contre lui. Des sentiments très ambigus l'habitaient, et ses résolutions menaçaient de s'effondrer comme un château de cartes.

Elle s'écarta avec un sourire crispé.

— Je monte me coucher. Bonne nuit.

Emilio ne répondit rien mais elle sentit son regard brûlant dans son dos.

6.

Giselle était en train de replier le dessus-de-lit lorsque la porte s'ouvrit sur Emilio, en peignoir, les cheveux encore humides de sa douche.

— Que fais-tu ici ? s'écria-t-elle, choquée.

— Je viens me coucher, répondit-il en ôtant son peignoir.

Devant son magnifique corps d'athlète, son cœur se mit à battre follement.

— Je t'ai pourtant dit…

— Je t'ai moi aussi expliqué ce que je voulais, lâcha-t-il sans lui laisser finir sa phrase. Nous dormirons dans le même lit, même si nous ne faisons pas l'amour. Je ne t'imposerai rien, tu devrais le savoir.

Sa gorge se serra. Aurait-elle la force de résister à ce supplice de Tantale ?

— Là n'est pas la question, articula-t-elle en humectant ses lèvres sèches.

— Alors quel est le problème ? Tu n'as pas l'air de savoir très bien ce que tu veux. Un moment tu me regardes d'un air éperdu comme si tu voulais te jeter dans mes bras pour ne plus jamais me quitter, l'instant d'après tu sors les griffes comme si tu avais envie de m'arracher les yeux. Il faudrait te décider.

Giselle avait l'impression d'avoir les idées claires, mais son corps réagissait différemment, en secret, avec le langage des sens. Elle se détourna pour cacher son embarras et renversa maladroitement le verre d'eau et le petit flacon posés sur la table de nuit.

— Qu'est-ce que c'est ? demanda Emilio en se penchant pour ramasser le flacon.

— Redonne-le-moi, protesta-t-elle.

Emilio fronça les sourcils en lisant l'étiquette.

— Des cachets pour dormir ? Depuis quand prends-tu ce genre de médicaments ?

Elle croisa les bras sans répondre et le toisa avec le plus de défi possible dans le regard.

— Giselle ? Réponds à ma question, s'il te plaît.

Elle soupira.

— Quelques semaines… Deux mois, peut-être.

— Il faut avoir recours très ponctuellement à ce genre de produit. C'est très mauvais de s'y habituer.

Elle roula des yeux.

— J'ai l'impression d'entendre mon médecin !

— *Cara*, c'est à cause de moi ? demanda-t-il gravement en la fixant sans ciller.

Giselle repensa aux semaines qui avaient suivi leur rupture. Incapable de rien faire, elle avait passé son temps au lit à dormir, jour et nuit. Elle avait peu à peu sombré dans la dépression, et le moindre geste l'épuisait, même prendre une douche ou se brosser les cheveux.

La découverte de sa grossesse l'avait tirée du marasme. Elle avait alors retrouvé assez d'espoir pour se projeter de nouveau dans l'avenir. Malheureusement, l'embellie n'avait pas duré longtemps.

Aujourd'hui, devait-elle encore blâmer Emilio pour la mort de Lily et lui faire payer ? Même si, pendant un temps, elle l'avait tenu responsable, on ne pouvait rejeter la faute sur personne. Les médecins avaient mis le problème sur le compte d'une anomalie génétique. Ce genre d'accident arrivait de temps à autre.

— Non, chuchota Giselle dans un filet de voix. Non, tu n'es pas en cause.

C'étaient les pleurs de Lily qui hantaient ses nuits sans sommeil. Pour échapper à cette torture, elle n'avait pas trouvé d'autre moyen que de s'enfoncer dans de gros et moelleux oreillers chimiques — même si ce n'était pas infaillible.

Emilio riva ses yeux noirs aux siens comme pour lire dans le tréfonds de son âme.

— Pourquoi, alors ? A cause de ton travail ? De la mort de ton père ? De Sienna, peut-être ?

Giselle recula d'un pas en croisant les bras sur sa poitrine. Devait-elle lui parler de Lily ? Il avait le droit de savoir. Il faudrait bien lui dire un jour la vérité, au moins pour qu'elle soulage sa conscience. Ce serait terrible s'il l'apprenait par quelqu'un d'autre. Il valait mieux qu'elle s'en charge. Mais comment lâcher cette bombe dans la conversation ? Elle aurait dû le faire dès le départ. En tout cas, maintenant, sans s'être mentalement préparée, c'était impossible.

— Je… Ce n'est rien en particulier, juste beaucoup de stress.

— En tout cas, il faut te sevrer. Ce n'est pas bon du tout de te droguer. Tu n'avais pas de problème de sommeil, avant.

— Nous ne dormions pas beaucoup, murmura-t-elle impulsivement.

Elle regretta aussitôt de ne pas s'être contrôlée. Les mots restèrent suspendus entre eux, évoquant un flot d'images érotiques, comme des fantômes surgis du passé.

Giselle surprit une étincelle dans le regard d'Emilio, qui s'attardait sur sa silhouette. A travers sa chemise de nuit de satin crème, il devait apercevoir les pointes roses de ses seins… Une boule d'excitation se forma dans son ventre, et elle se liquéfia littéralement, tandis que le corps d'Emilio répondait lui aussi. La vigueur de son membre viril la suffoqua.

— Tu as raison, remarqua-t-il en la dévorant des yeux.

Giselle s'efforça de calmer sa respiration. La chaleur qui irradiait d'Emilio rentrait par tous les pores de sa peau avec un picotement délicieux.

— Ne fais pas cela, Emilio, chuchota-t-elle d'une voix rauque.

— Quoi donc, *cara* ? demanda-t-il en s'approchant. Cela ?…

Il posa les lèvres sur son cou, juste sous le lobe de l'oreille. Puis il descendit lentement vers le creux de sa clavicule.

— … ou cela ?

Giselle était attirée vers lui comme par une force magnétique inexorable. Dans sa poitrine, son cœur dansait une folle sarabande. Le bout de leurs pieds se touchait et ce simple contact suffisait déjà à la bouleverser, envoyant des ondes de plaisir le long de ses jambes.

La bouche d'Emilio revint vers la sienne, dans un effleurement léger comme une brise d'été.

— Oui, nous passions des nuits merveilleuses, tous les deux, murmura-t-il.

Quand il glissa la main sous la masse de sa chevelure, Giselle retint son souffle, étourdie de désir. Elle n'avait rien oublié. Ses souvenirs torrides ne l'avaient jamais quittée.

Et elle désirait toujours Emilio avec la même intensité.

Le temps s'arrêta.

Elle se prépara à recevoir son baiser et ferma les paupières, les lèvres entrouvertes…

Mais Emilio rompit brusquement le charme en s'écartant. Giselle rouvrit les yeux. Il avait reculé jusqu'à l'endroit où il avait laissé tomber son peignoir. Il s'en revêtit et noua sa ceinture. Comment pouvait-il paraître aussi détaché ? Qu'essayait-il de lui prouver ? Qu'il n'avait pas besoin d'elle ? Qu'elle était seulement une femme parmi tant d'autres, à sa disposition ? Sans doute…

Hélas, pour elle, il était le seul. Elle ne pouvait même pas imaginer d'intimité sexuelle avec un autre homme. Son corps éprouvait avec lui une sensation d'appartenance évidente ; il lui avait d'ailleurs appartenu pendant plus de deux ans.

— Je te laisse jusqu'à la fin de la semaine pour t'installer et trouver tes marques, déclara-t-il. J'inventerai une excuse quelconque pour Marietta.

— Et après ?

Il la fixa de ses yeux d'un noir profond.

— Tu connais parfaitement la suite, répondit-il de sa belle voix grave aux accents séducteurs.

Giselle réussit tant bien que mal à cacher son émoi, mais l'armure de son orgueil se fragilisait de plus en plus.

— Tu t'imagines que deux millions de dollars suffiront à me faire sauter de joie à l'idée de retourner dans ton lit ?

Un sourire narquois retroussa les lèvres d'Emilio.

— Absolument, répondit-il, comme à son habitude arrogant et sûr de lui.

Puis, la porte se referma.

Il était parti.

Giselle passa une nuit agitée, à se tourner et se retourner inlassablement dans son lit. La promesse d'Emilio la rendait tellement nerveuse que son somnifère n'eut aucun effet. Tendue comme un ressort, elle n'arrivait pas à chasser son image de son esprit. Elle revoyait son corps nu, sculptural, la touchant presque. Comment osait-il l'exciter d'une manière aussi éhontée pour la rejeter ensuite, comme s'il se moquait d'elle ? Elle était très en colère contre elle-même d'avoir failli se donner à lui, et furieuse de lui avoir montré sa faiblesse. Il s'amusait avec elle en attendant son heure.

Eh bien, il ne gagnerait pas la partie !

Déterminée à garder ses distances, elle s'attarda délibérément dans sa chambre le lendemain matin et passa beaucoup de temps à se coiffer et se maquiller. Avec un peu de chance, Emilio serait déjà parti travailler.

Elle descendit l'escalier avec un petit sourire plein d'assurance. Elle saurait lui montrer qu'elle n'avait pas besoin de lui…

Dans le hall, elle croisa Marietta avec un plateau chargé de fruits et de viennoiseries.

— Le *signor* Andreoni vous attend. Vous prenez du thé, *sì* ?

— *Sì, grazie*, répondit Giselle avec un sourire forcé.

Apparemment, elle n'échapperait pas à la présence troublante d'Emilio. Il était presque 11 heures… Cela ne lui ressemblait pourtant pas de s'adonner au farniente. Autrefois, il travaillait même le week-end.

Il sirotait une tasse de café quand Giselle sortit sur la terrasse inondée de soleil. Il paraissait magnifiquement reposé, la peau lisse et le regard clair. Il avait roulé ses manches de chemise sur ses avant-bras musclés et bronzés, avec une décontraction qui le rendait encore plus attirant.

Il se leva pour l'accueillir et lui tirer sa chaise.

— *Cara*, tu as l'air d'avoir mal dormi. Tes petites pilules n'ont pas fait leur effet ?

Elle lui lança un regard perçant comme une vrille.

— Tu ne travailles pas, aujourd'hui ?

— J'ai pris un jour de congé pour te tenir compagnie.

— Franchement, ce n'était pas la peine. J'ai plutôt envie d'être seule.

— C'est dommage pour toi, car nous allons devoir nous comporter comme un couple réconcilié de fraîche date.

Il sembla réfléchir un instant.

— J'ai une réception ce soir. Nous pourrions faire du shopping pour te trouver une toilette convenable.

— Je n'ai pas besoin de toi pour m'acheter une robe.

Emilio reposa sa tasse avec une précision exaspérante.

— Giselle, j'essaie d'être patient, mais je te conseille de ne pas me pousser à bout.

Devant la froide détermination de ses yeux noirs, elle baissa la tête.

— Au fait, qu'as-tu dit à Marietta… pour la chambre ? demanda-t-elle pour rompre le silence pesant.

— Que tu avais un problème de ronflement.

— Pardon ?

Il haussa les épaules d'un air désinvolte.

— Ce n'est pas grave, *cara*. Tu n'es pas la seule, beaucoup de gens ronflent.

— Pas moi ! protesta-t-elle, vexée. Pourquoi m'as-tu incriminée et pas le contraire ?

— Parce que c'est toi qui refuses de dormir avec moi et pas l'inverse.

Elle émietta furieusement un morceau de pain.

— Tu aurais pu trouver quelque chose de moins humiliant. Ce n'est pas très… sexy.

— Tu devrais manger au lieu de jouer avec la nourriture.

Elle repoussa son assiette.

— Je n'ai pas faim.

Il la fixa avec une expression irritée.

— Si tu cherches à m'énerver, c'est réussi.

Un frisson courut le long de son dos. Elle était contente d'avoir prise sur lui. Il avait du mal à se contrôler. Un muscle tressauta sur sa mâchoire. Entre eux, l'air se chargea d'électricité.

— Tu ne te lèveras pas de table tant que tu n'auras pas mangé quelque chose, maugréa-t-il. C'est compris ?

Elle lui rendit son regard furibond.

— Alors arrête de me contrarier !

En voyant Marietta approcher, ils s'efforcèrent l'un et l'autre de détendre l'atmosphère. Les avait-elle entendus ? Emilio connaissait-il assez bien sa nouvelle gouvernante pour lui faire confiance ? Ressemblait-elle à Concetta, qui était un modèle de discrétion ? Des journalistes peu scrupuleux étaient prêts à payer une fortune pour obtenir des informations confidentielles, ou même la possibilité de faire une photo. Qui sait si Marietta ne chercherait pas à exploiter la situation à son avantage ?

— Voici votre thé, *signorina*.

— *Grazie*, Marietta, répondit Giselle avec un sourire contraint.

— Tout va bien ? demanda la gouvernante en s'attardant un peu.

— Oui, merci, dit Emilio avec fermeté.

Après son départ, il se .passa une main dans les cheveux, nerveusement.

— Je ne cherche pas à te bousculer, Giselle. C'est une période difficile pour chacun de nous, avec des ajustements et des compromis nécessaires. J'aimerais vraiment que nos relations s'apaisent.

— Pourquoi ?

Il fronça les sourcils, comme s'il ne comprenait pas sa question.

— Parce que nous nous entendions bien avant, tout simplement. Tu ne peux pas le nier.

— Si, justement. Il n'existait aucune confiance entre nous. Sinon, tu ne m'aurais pas imposé de signer un contrat de mariage.

— J'ai travaillé terriblement dur pour arriver là où je suis. J'ai le droit de protéger mes intérêts. Si cela ne te plaisait pas, pourquoi n'as-tu rien dit sur le moment ?

Giselle détourna les yeux avec une expression embarrassée. A l'époque, elle avait soigneusement caché combien le comportement soupçonneux d'Emilio la blessait et avait docilement signé le contrat, malgré son cœur lourd. Elle s'était dit qu'Emilio devait beaucoup souffrir pour se défier ainsi de tout le monde.

— Giselle ?

Elle se versa une tasse de thé en soupirant.

— De toute façon, ça n'a plus d'importance.

— Cela pourrait redevenir d'actualité si nous décidons de nous réconcilier pour de bon.

La main de Giselle se mit à trembler.

— Aucun risque ! Je n'ai pas envie de me rapprocher d'un homme qui ne m'a pas aimée suffisamment pour me faire confiance.

— L'amour et la confiance ne vont pas toujours de pair.

— Pour moi, si, déclara-t-elle fermement.

Il l'étudia longuement, pendant ce qui lui sembla une éternité.

— Je tenais à toi, *cara*, dit-il enfin.

Peut-être, songea-t-elle, mais pas comme à quelqu'un sans qui il n'aurait pu vivre. Pas comme elle tenait à lui.

— Alors pourquoi m'as-tu rejetée aussi violemment, sans même me laisser le bénéfice du doute ?

Il se crispa.

— Je me suis déjà confondu en excuses. J'ai eu tort et j'en suis désolé. Qu'attends-tu d'autre ?

« De l'amour », répondit Giselle intérieurement.

— Rien, dit-elle à voix haute. Tu ne peux rien faire de plus.

Il lui prit la main.

— Où est ta bague de fiançailles ?

— Je l'ai laissée sur ma table de nuit. Elle ne me va plus, j'ai peur de la perdre.

Il plissa le front tout en lui caressant doucement l'annulaire.

— Nous ferons ajuster l'anneau.

— Pourquoi l'as-tu retrouvée et gardée ? demanda-t-elle avec une légère hésitation.

Impassible, il s'appuya contre le dossier de sa chaise.

— Elle vaut une petite fortune.

— Tu aurais pu la vendre.

Il se leva brusquement.

— J'ai un coup de fil à passer, l'informa-t-il sèchement. Le chauffeur sera là dans dix minutes. Ne sois pas en retard.

Giselle poussa un long soupir en le regardant s'éloigner. Elle se demandait parfois comment elle avait pu donner son cœur à un homme aussi complexe et inaccessible.

— Le *signor* Andreoni vous rejoindra pour déjeuner, annonça le chauffeur au moment où Giselle arrivait. Il a une affaire urgente à régler et m'a demandé de vous donner ceci.

Il lui tendit une carte bancaire et l'adresse d'un restaurant notée sur une feuille de papier.

— Il aurait pu me le dire lui-même, murmura Giselle avec une pointe d'irritation.

Le chauffeur haussa les épaules.

— Il est très occupé, toujours surchargé de travail.

Elle prit une décision impulsivement.

— Je n'ai pas besoin de vous, déclara-t-elle. Je préfère aller à pied.

— Le *signor* Andreoni a bien insisté pour que je vous accompagne. Il ne sera pas content du tout quand il apprendra que…

— Prenez votre matinée, le coupa-t-elle d'autorité.

— Mais je serai renvoyé si…

— Mais non, déclara-t-elle résolument. Ne vous inquiétez pas, je parlerai à Emilio. *Ciao.*

Emilio était déjà au restaurant lorsque Giselle le rejoignit. Refusant d'utiliser sa carte bancaire, elle s'était acheté une robe et des chaussures avec son propre argent.

S'armant de courage pour braver son regard désapprobateur, elle se fraya un chemin jusqu'à lui à travers les tables.

— Bonjour, chéri, lança-t-elle en offrant sa joue pour la galerie.

Emilio se leva, prit son visage entre ses mains et l'embrassa à pleine bouche. Prise de vertige, elle dut se raccrocher à son cou pour ne pas chavirer. Ses joues étaient brûlantes lorsqu'il la relâcha.

— Tu n'as pas fait beaucoup d'emplettes, remarqua-t-il en se rasseyant.

— Je n'aime pas dépenser de l'argent qui ne m'appartient pas. Si je veux quelque chose, je le paye moi-même.

— Tu désobéis systématiquement à mes instructions, observa-t-il.

— Tu n'as pas à me dicter ma conduite.

— Attention, *cara*. Nous sommes en public. Rentre tes griffes.

Giselle s'empara du menu pour se cacher derrière.

82

— Tu as pu régler ton problème urgent ? demanda-t-elle d'une voix aigre-douce.

— Oui.

Un silence gêné s'installa entre eux. Giselle se demandait ce qui avait occupé Emilio pendant la matinée. S'agissait-il d'une femme ? Cette idée lui nouait l'estomac. Elle ne supportait pas de l'imaginer avec une autre. Pendant deux ans, elle s'était efforcée de ne pas y penser. Avait-il une maîtresse attitrée ? Son cœur se contracta douloureusement. Tant d'hommes menaient une double vie…

— J'ai quelque chose pour toi, annonça tout à coup Emilio.

Elle reposa la carte pendant qu'il lui tendait un écrin de bijoutier.

— J'espère qu'elle t'ira.

Un diamant énorme, magnifique, brillait de mille feux sur le velours noir.

— Je ne comprends pas… Il suffisait de faire ajuster la première.

— J'ai pensé que tu préférerais celle-ci. Mais si elle ne te plaît pas, tu pourras en choisir une autre.

Giselle se mordit la lèvre en passant la bague à son doigt. Elle était beaucoup plus sobre que sa précédente bague de fiançailles, et plus à son goût. En fait, même si elle n'avait pas osé le dire, elle n'avait jamais aimé l'autre, un peu trop tape-à-l'œil.

— Elle est très belle, dit-elle en regardant Emilio dans les yeux.

Il accepta le compliment avec une moue embarrassée et désigna le menu d'un signe de tête.

— As-tu choisi ?

La boule de haine et d'amertume qui rongeait lentement Giselle se dégonfla un peu.

— C'était cela, ton affaire urgente de ce matin ?

— Allons-nous enfin commander ou vas-tu continuer ta grève de la faim ?

— Réponds-moi, Emilio.

— Oui, entre autres, répondit-il, maussade, en s'agitant nerveusement sur sa chaise.

— C'est très gentil, murmura-t-elle.

Il reprit le menu et le consulta en affectant un profond ennui.

— C'est juste un accessoire, pour que les gens te voient avec une bague de fiançailles.

Elle contempla songeusement le solitaire qui brillait à la lumière.

— C'est hors de prix, pour un simple accessoire.

— L'argent n'a aucune importance.

Elle hésita un instant.

— Est-ce que… je pourrai la garder quand… ce sera fini ?

Il eut un sourire ironique.

— On dirait que tu parles d'une épreuve épouvantable, comme une torture ou une peine de prison.

Giselle pinça les lèvres.

— En tout cas, cela me donne peut-être droit à une compensation…

— Deux millions ne te suffisent pas ? marmonna-t-il.

— Tu n'as pas répondu.

— Pour quoi faire ? Pour la vendre ou pour la jeter dans une fontaine, comme la dernière fois ?

Giselle soutint un instant son regard mi-moqueur mi-dédaigneux. Elle ne comprenait pas pourquoi il s'était soucié de lui choisir un si joli bijou. Tenait-il plus à elle qu'il ne voulait le montrer ? Avait-il souffert lui aussi de leur rupture, même si la décision venait de lui ? Son offre de réconciliation n'était peut-être pas uniquement destinée à sauver les apparences… Peut-être souhaitait-il sincèrement un nouveau départ. Qui sait alors si cette bague n'était pas un moyen détourné de le lui faire comprendre ? Mais l'amour pouvait-il supplanter la haine qui régnait depuis si longtemps dans son cœur ?

Peut-être Emilio cherchait-il simplement à l'attirer plus facilement dans son lit… De toute façon, il était bien trop tôt pour tirer des conclusions. Giselle devait s'armer de prudence.

— Je la garderais en souvenir, dit-elle.

L'expression d'Emilio se durcit.

— Je suis surpris que tu n'aies pas conservé l'ancienne. Le prix de la revente aurait suffi à te faire vivre un an ou deux.

— Etant donné les circonstances, j'étais contente de m'en débarrasser.

— Tu ne tireras jamais un trait sur cette histoire, on dirait…

— En fait, tu cherches à me radoucir pour mieux me séduire, n'est-ce pas ? Malheureusement pour toi, Emilio, tu n'achèteras pas aussi facilement mon consentement.

Il haussa les sourcils en la considérant avec nonchalance.

— La scène d'hier soir m'a laissé une impression très différente. Tu étais toute prête à t'offrir à moi quand je t'ai embrassée.

Le rouge monta de nouveau aux joues de Giselle. Furieuse, incapable de faire bonne figure, elle se leva précipitamment.

— Excuse-moi un instant, je vais aux toilettes.

— Il n'en est pas question, dit Emilio en l'attrapant par le poignet.

Elle se retourna avec hauteur.

— Pardon ?

— Je sais comment tu fonctionnes, Giselle. Tu n'arrangeras rien en prenant la fuite.

Elle le foudroya du regard.

— Je ne m'enfuis pas. Je me soustrais simplement à ta présence odieuse.

Il devint glacial.

— Si jamais tu sors de ce restaurant sans moi, j'alerterai immédiatement tous mes contacts — qui sont nombreux, crois-moi, et jusqu'en Australie. Tu te retrouveras complètement isolée. Les journalistes se jetteront avec avidité sur ce nouveau scandale.

Giselle eut subitement l'impression de marcher sur des éclats de verre acérés. Bluffait-il ? Si la presse fourrait le nez dans sa vie privée, la naissance et la mort de sa petite Lily seraient jetées en pâture au public. Elle ne supporterait pas de voir son chagrin étalé aux yeux du monde.

Malgré le coup porté à son orgueil, elle n'eut pas d'autre choix que de se rasseoir.

— Tu es content, maintenant ? lança-t-elle d'un ton venimeux.

— Tu es devenue terriblement soupe au lait, *cara,* commenta Emilio sur un ton amusé. Mais je saurai dompter ta nature rebelle. Tu finiras par filer doux.

Il se moquait d'elle ! Comment osait-t-il la rabaisser ainsi ?

— Tu seras peut-être déçu, répliqua-t-elle froidement. Et si je ne suis pas à la hauteur de tes espérances ?

Il étudia avec calme son visage empourpré, s'attarda sur sa bouche, puis la fixa droit dans les yeux.

— Tu ne me décevras pas. Je me souviens encore de sensations très agréables.

Elle lui lança un regard cynique pour tenter de masquer son trouble.

— La nuit, tous les chats sont gris.

— Personne ne ronronne comme toi.

Piquée par l'aiguillon du désir, à son grand dam, elle se donna une contenance en croisant les jambes.

— Je pourrais mordre et sortir les griffes. Ou faire semblant et jouer la comédie pour être plus vite débarrassée.

Il esquissa un sourire narquois.

— Tu crois que je ne m'en rendrais pas compte ?

Giselle baissa les yeux. Emilio connaissait si bien son corps, jusque dans les endroits les plus cachés... Il en avait exploré passionnément chaque courbe. Aucun point sensible de sa peau n'avait de secret pour lui. Chaque cellule de sa chair résonnait encore de la mémoire de ses caresses. En ce moment même, elle sentait un désir douloureux qui renaissait sans qu'elle puisse le contrarier. Même par amour-propre, il ne servait à rien de le nier.

La scène de la veille lui avait ouvert les yeux : c'était Emilio qui s'était arrêté, pas elle. Elle n'aurait pas pu. Le désir l'avait anéantie, au mépris du bon sens. Il en avait toujours été ainsi, elle ne pouvait pas se défendre contre l'attirance qu'Emilio lui inspirait. D'ailleurs, elle le soupçonnait d'avoir parfaitement conscience de sa fragilité. Elle devait à tout prix essayer de se préserver.

— Pouvons-nous parler d'autre chose ? demanda-t-elle en jetant un regard vers les tables voisines.

— Pourquoi es-tu si embarrassée, *cara* ? Parce que je connais ton corps presque aussi bien que le mien ?

— Plus maintenant !

Il se pencha pour lui prendre la main et la porter à ses lèvres.

— Eh bien, il serait peut-être temps d'y remédier ? Et à mon avis, le plus tôt sera le mieux.

Elle frissonna. Le diamant qui brillait à son doigt

semblait vouloir lui rappeler le contrat de deux millions de dollars qu'elle avait signé.

— Pourquoi n'as-tu pas profité de l'occasion hier soir ?

Il caressa doucement sa paume, puis l'intérieur de son poignet.

— Tu n'étais pas prête. Il n'aurait pas été très élégant de ma part d'abuser de ton état de fatigue et de tension.

— Je risque de n'être jamais prête, remarqua-t-elle avec insolence.

Les beaux yeux noirs d'Emilio l'enveloppèrent, et elle eut l'impression de se noyer dans leur profondeur.

— Ton corps l'est déjà, observa-t-il avec une conviction confondante. Il faut juste que ton esprit le rattrape. Je saurai être patient.

Giselle retira sa main et fit mine de s'absorber dans la lecture du menu. La perspicacité d'Emilio l'irritait et la touchait tout à la fois. Contrairement à beaucoup d'hommes, qui se seraient certainement comportés autrement, il n'avait pas profité de sa vulnérabilité. Comment pourrait-elle continuer à le haïr s'il ne se montrait pas odieux ?

— Ton plat n'a pas l'air de te plaire, observa Emilio. Veux-tu que je te commande autre chose ?

Giselle reposa sa fourchette.

— Je suis désolée, mais je n'ai vraiment pas faim.

Il la considéra avec une expression sérieuse.

— Ma présence t'est insupportable à ce point ?

Elle lui retourna un petit sourire triste.

— Ce n'est pas seulement toi, avoua-t-elle avec franchise. C'est… cette situation. Nous deux. Je ne sais pas vraiment ce que tu veux.

— Toi.

La réponse directe d'Emilio fit courir un frisson le long de sa peau.

— Cela mis à part.

— Tu veux dire, à plus ou moins long terme ?

Elle humecta ses lèvres sèches en hochant la tête.

— N'est-ce pas un peu tôt pour s'inquiéter de l'avenir ? reprit-il. Contentons-nous pour l'instant de prendre chaque jour comme il vient. Nous verrons bien ce qui se passera ensuite.

Giselle but une gorgée d'eau et s'essuya la bouche.

— J'ignore dans quelle mesure tu ne te sers pas de moi pour restaurer ton image.

Il fronça les sourcils.

— Tu crois que je me soucie uniquement de ma réputation ?

— Comment le saurais-je ? Tu m'as offert deux bagues magnifiques, mais tu ne dévoiles jamais tes sentiments.

— A quoi cela servirait-il ? Tu me détestes. Tu me l'as assez dit et répété, et selon toi je n'y pourrai jamais rien changer.

Elle prit une profonde inspiration avant de se jeter à l'eau :

— M'as-tu jamais aimée ?

Le visage d'Emilio se ferma.

— J'avais l'intention de t'épouser, non ?

Elle lui lança un regard dédaigneux.

— Et je devrais sans doute me montrer reconnaissante d'avoir été sélectionnée parmi de nombreuses candidates potentielles…

— Tu entonnes toujours le même refrain.

— Je veux savoir ce que tu éprouvais pour moi il y a deux ans, et sur quoi notre relation était fondée. Cela ne me paraît pas déplacé comme requête, si ?

Il caressa sa joue d'un geste nerveux.

— Notre histoire reposait sur un désir mutuel de construire notre vie ensemble. Nous voulions les mêmes choses : des enfants et une solide vie de famille, comme la plupart des gens.

— La plupart des gens veulent surtout être aimés, soupira-t-elle.

— J'en ai bien conscience, Giselle. Je mentirais si je prétendais le contraire. Moi aussi, j'ai eu envie de cela. Toute ma vie. Malheureusement, il ne suffit pas de vouloir être aimé pour que cela arrive. Et de toute façon les sentiments ne durent pas. Je le sais par expérience.

Le serveur arriva pour les débarrasser, mais la conversation était déjà close. Emilio s'était retranché derrière son masque impénétrable, et il aurait été inutile de chercher à percer ses défenses. En lui posant des questions sur son enfance, par exemple. Quelles rencontres l'avaient rendu aussi froid ? Avait-il souffert de belles promesses non tenues ? Les enfants avaient besoin de la confiance des adultes pour grandir dans la sécurité et la stabilité. N'avait-il eu personne pour le protéger ? Avait-il manqué d'affection ?

— Luigi va te raccompagner à la villa, dit-il enfin, la tirant de ses pensées. Je dois retourner à mon bureau.

— Tu ne lui as pas fait de reproches pour ce matin, j'espère ?

Il la prit par le coude pour l'accompagner au-dehors.

— Si, je lui ai donné un avertissement. Il risque le renvoi s'il s'avise de recommencer.

— Oh ! il ne faut pas ! C'était ma faute. Je voulais éviter d'attirer l'attention. Je préfère me fondre dans la foule plutôt que de me promener dans une voiture de luxe avec un chauffeur.

Emilio tendit la main vers elle et lissa du bout du doigt le pli qui se creusait sur son front.

— Je n'aime pas qu'on me désobéisse. Surtout mon personnel.

— Heureusement que je n'en fais pas partie…

Elle se mordit aussitôt la lèvre.

— Quoique… moi aussi, je suis payée.

Emilio caressa sa joue.

— Tu n'es pas une de mes employés.

— Que suis-je, alors ?

Il la considéra un long moment sans répondre.

— Tâche de te reposer cet après-midi, laissa-t-il finalement tomber au milieu du silence qui s'appesantissait.

Puis, effleurant ses lèvres d'un baiser, il ajouta :

— Tu risques de ne pas dormir beaucoup cette nuit.

Giselle monta dans la voiture et boucla sa ceinture de sécurité. Quand elle se retourna, Emilio avait déjà disparu.

7.

Emilio observa Giselle qui descendait l'escalier. Elle portait une robe de cocktail rose fuchsia, simple mais élégante, avec une étole de mousseline assortie. Ses cheveux relevés en chignon ajoutaient à sa distinction naturelle. Il ne l'avait jamais vue aussi belle, surtout lorsqu'un sourire, fugace hélas, éclaira son visage. Ce fut pour lui comme un rayon de soleil par un triste jour de pluie. Il avait oublié l'agréable chaleur qu'un sourire de Giselle pouvait provoquer en lui ; elle se répandit jusque dans les endroits les plus secrets de sa personne, sans plus laisser aucune place à la sensation de vide qui l'habitait le plus souvent.

C'était pour lui un grand pas de l'emmener à cette soirée. Il avait d'abord songé à y aller seul, comme d'habitude. Peu de gens en dehors de l'association caritative y connaissaient son implication. Au cours de l'année précédente, après avoir beaucoup réfléchi à son parcours et ses origines, il avait éprouvé le besoin d'agir en faveur des déshérités. Il avait eu envie d'aider les défavorisés à vaincre la misère. Lui-même s'en était sorti à force de courage et de détermination, mais tout le monde n'avait pas sa volonté. Et il aurait bien aimé être aidé et soutenu dans ses projets quand il en avait eu besoin.

Il n'était jamais facile pour lui d'affronter les ombres du

passé, et ce le serait encore moins ce soir en compagnie de Giselle qui ne savait rien de son enfance. Il avait toujours l'impression que les fantômes de la nuit allaient le ressaisir pour l'abandonner, froid et frissonnant, au bord d'un fossé.

Quand Giselle arriva sur la dernière marche, Emilio lui prit la main pour y déposer un baiser.

— Tu es splendide, dit-il. Le rose te va à merveille.

De nouveau, un sourire fugitif illumina son visage d'ange.

— Merci.

Il prit un écrin sur une console.

— J'ai quelque chose pour aller avec ta bague.

Elle eut une légère moue réprobatrice.

— Tu ne devrais pas dépenser autant d'argent.

— J'ai le droit de gâter ma fiancée, non ? répliqua-t-il en lui présentant un somptueux collier de diamants et de saphirs.

— Je ne suis pas vraiment ta fiancée. C'est juste une petite mise en scène pour les journalistes.

— Cela pourrait devenir réel, affirma Emilio.

Il décela une lueur fugace au fond des yeux gris-bleu de la jeune femme. Puis elle se tourna pour qu'il attache le collier à son cou.

— Tu veux renouer avec la Giselle d'autrefois, Emilio, mais elle n'existe plus. Tu auras beau payer, tu ne pourras jamais la ressusciter.

Il posa les mains sur ses frêles épaules tout en respirant son parfum. Comme autrefois, il la sentit frissonner sous ses doigts. Il aimait la façon dont son corps réagissait, instinctivement.

— Oublie un peu la question d'argent entre nous, dit-il. Je ne cherche pas à t'acheter.

Elle réfléchit un instant.

— Il ne s'agit pas vraiment de cela…

— De quoi, alors ?

Elle baissa les yeux.

— Tu voudrais que tout redevienne comme avant. Mais on ne peut pas tout effacer pour tout recommencer à zéro. On ne peut pas reprendre les choses ou les gens à l'endroit où on les a laissés. Tout change. Moi aussi, j'ai changé.

Emilio la considéra, un peu gêné. Elle n'était plus la même, en effet. Elle avait perdu l'appétit et le sommeil. Elle avait l'air pâle et vulnérable. Et c'était à cause de lui… Que pouvait-il faire pour réparer ses torts ? Ils avaient l'un et l'autre besoin d'un nouveau départ. Cela ne servait à rien de regarder en arrière, il était mieux placé que quiconque pour le savoir. Se tourner vers l'avenir était le meilleur moyen de conjurer le passé. N'en était-il pas une preuve vivante ? Elle s'en rendrait peut-être compte ce soir.

— Essayons simplement de vivre au présent, d'accord ? Et laissons de côté les regrets et les promesses pour nous contenter de l'instant.

Une ombre voila le regard de la jeune femme tandis qu'elle s'efforçait de sourire en acquiesçant.

— D'accord, murmura-t-elle en glissant sa main dans celle qu'il lui tendait.

En arrivant au palace où se tenait la réception, Giselle se rendit très vite compte qu'il ne s'agissait pas du tout d'un repas d'affaires, mais d'un gala de bienfaisance. Les fonds récoltés iraient à un foyer d'accueil créé par Emilio l'année précédente. Ce lieu situé en plein centre-ville offrait aux jeunes dans la misère un gîte et un couvert, ainsi que la possibilité de prendre une douche.

L'association caritative avait également mis sur pied un programme éducatif et professionnel, ainsi qu'une aide médicale à destination des drogués et des alcooliques.

Giselle parla à quelques-uns des pensionnaires et écouta leurs récits avec intérêt. Certains venaient de la rue, avec des histoires à fendre l'âme. Non sans embarras, elle songea qu'elle ne savait presque rien du passé d'Emilio.

Il ne lui avait jamais rien confié. Le connaissait-elle vraiment, à l'époque où ils se fréquentaient ? Avait-il lui-même vécu comme tous ces jeunes qu'il aidait aujourd'hui ? C'était sans doute pour cela qu'il avait créé cette fondation. Quelles horreurs avait-il vécues ? Quelles épreuves avait-il dû surmonter avant de parvenir à son extraordinaire réussite ?

Giselle se souvint qu'Emilio lui avait toujours donné l'impression de se lancer dans une fuite en avant, sans un regard en arrière. Un événement, au cours de l'année passée, avait dû le pousser à s'impliquer de la sorte. En s'exposant ainsi aux yeux des autres, il donnait à voir quelque chose de lui. Sa sollicitude envers de moins favorisés la touchait. Quel contraste avec la façade lisse et brillante qu'il présentait au monde ! Sa fortune ne lui servait plus seulement à prouver sa réussite, il s'en servait pour aider ceux qui n'avaient pas eu de chance.

L'un des jeunes, Roméo, raconta à Giselle comment Emilio allait lui-même sur le terrain, dans la rue, pour parler aux jeunes. Il leur expliquait qu'ils n'étaient pas voués au crime, à la prostitution ou à la guerre des gangs, mais que d'autres options s'offraient à eux.

— Il n'a pas peur de se salir les mains, dit Roméo. J'ai été l'un des premiers qu'il a aidés. Sans lui, je n'aurais pas été capable de me tourner vers un avenir meilleur. Grâce à lui, j'ai compris que ce ne sont pas les événements qui vous forgent, mais la façon dont vous les analysez et les surmontez. Vous devez être très fière d'être sa fiancée, *sì* ?

Giselle sourit de la manière la plus convaincante possible. Tout ce qu'elle découvrait la heurtait terriblement : le monde dont était issu Emilio ne pouvait pas être plus différent du sien. Que d'obstacles il avait dû vaincre pour arriver à la position qu'il occupait !

— Oui, je suis très fière, murmura-t-elle.

Roméo et elle échangèrent encore quelques mots, puis on appela le jeune homme pour servir au buffet.

Emilio la rejoignit pour lui apporter un verre.

— J'espère que Roméo ne t'a pas raconté sa vie. Il a tendance à exagérer.

— Est-ce ainsi que tu as grandi, toi aussi ? demanda Giselle, abasourdie. Pourquoi ne m'as-tu jamais rien raconté ?

— Beaucoup de gens ont connu bien pire, répondit-il en haussant les épaules.

— Et pourquoi ne m'as-tu jamais parlé de ta fondation ? Je m'attendais à un repas d'affaires, ce soir.

— Est-ce si important ?

— Evidemment ! Je m'étais préparée à faire la conversation avec les épouses de messieurs ennuyeux et au lieu de cela, je rencontre des jeunes gens que tu as sauvés de la déchéance.

— Roméo s'en serait sorti de toute façon, remarqua Emilio. Il avait juste besoin d'un coup de pouce.

— Et toi, qui t'a aidé ?

Une ombre passa dans le regard d'Emilio.

— Nous ne sommes pas égaux devant les difficultés. Certains ont plus besoin que d'autres d'être secourus.

— Tu t'en es sorti tout seul ?

Il lui toucha le bras pour lui montrer quelqu'un qui s'approchait avec un appareil photo.

— Notre photographe officiel va nous immortaliser pour la lettre d'information de la fondation. Fais ton plus beau sourire.

En même temps qu'il l'enlaçait par la taille, elle se composa une expression de fiancée comblée. Enveloppée par une délicieuse sensation de sécurité, elle n'eut pas à se forcer beaucoup. Pour un peu, elle se serait presque blottie contre Emilio en s'abandonnant à des rêves insensés. Ne pourrait-elle pas œuvrer à ses côtés pour aider les autres ? Malgré tout, même si elle en venait à accepter de vraies fiançailles, jamais elle ne pourrait donner à Emilio ce qu'il désirait le plus : une famille. En aucun cas elle ne courrait de nouveau ce risque.

Sur le chemin du retour, Emilio resta silencieux. Il gardait les yeux fixés droit devant tandis que les lumières de la ville jetaient des ombres colorées sur son visage sculptural, comme des effets spéciaux cinématographiques.

Il avait habilement esquivé les questions de Giselle, qui se demandait à quoi il pensait. Peut-être à la pauvreté qui rôdait dans les bas-fonds cruels de la ville éternelle… Elle l'imagina adolescent, seul dans la nuit romaine, étendu sur un banc, souffrant de la faim et du froid, mais surtout de la solitude. Personne ne l'avait aimé ni protégé. Elle en avait le cœur serré.

— C'est prodigieux, tout ce que tu as fait, remarqua-t-elle en rompant le silence.

Perdu dans ses réflexions, il sursauta en revenant à la réalité.

— Pardon ?

Elle eut un sourire tendre en lui prenant la main.

— Ce doit être réconfortant de se rendre utile. Tu as certainement beaucoup de satisfaction à donner une seconde chance à tous ces jeunes démunis.

Il passa le pouce sur le diamant qu'elle portait à son doigt avant de souder son regard au sien.

— Avec de l'argent, on peut tout faire. Il suffit simplement d'en avoir assez.

Giselle frissonna.

— Il faut beaucoup de perspicacité pour savoir quels projets valent la peine d'être entrepris, avança-t-elle.

Le sourire d'Emilio se teinta d'une nuance implacable.

— Je n'entame rien que je ne sois sûr de réussir.

— Malgré tout, le succès ne dépend pas uniquement de toi, j'imagine. Des circonstances indépendantes de ta volonté peuvent interférer dans tes entreprises.

Il fixa ses lèvres avec une expression insondable, avant de les effleurer d'une caresse.

— Plus les obstacles sont élevés, plus j'ai de satis-faction à les surmonter.

Ils arrivaient. L'air se chargea d'électricité, comme un présage, pendant qu'Emilio la conduisait au *salone*.

— Veux-tu boire quelque chose ? demanda-t-il.

Giselle humecta ses lèvres sèches.

— Euh… Non merci. Je vais monter me coucher.

— Comme tu voudras, répondit-il en se dirigeant vers le bar.

Il se versa un whisky. Elle s'attarda un instant, sans trop savoir pourquoi, incapable de bouger.

Il porta le verre à ses lèvres.

— Qu'y a-t-il ?

— Rien… Je… je voulais juste te remercier pour cette soirée, dit-elle. Elle a été très… instructive.

— Ne va tout de même pas m'imaginer en héros,

cara. Je suis loin d'en être un, et tu le sais mieux que n'importe qui.

— Tu es beaucoup plus sensible que tú ne veux bien le montrer.

Il émit une sorte de rire de gorge moqueur et but une nouvelle gorgée.

— Tu joues à la psychologue ?

Elle insista, sans se laisser intimider :

— Tu caches qui tu es réellement derrière une façade désinvolte. Au fond de toi, tu as terriblement peur de tes émotions et tu fais ton possible pour te protéger.

Il reposa son verre avec une telle force qu'il faillit le briser. Ses yeux lançaient des éclairs incendiaires.

— Tu aurais dû monter te coucher quand il en était encore temps, dit-il en approchant d'un air menaçant.

Giselle demeura fermement campée sur ses jambes.

— Tu ne me fais pas peur, Emilio. Tu impressionnais peut-être les dealers et les proxénètes des bas-quartiers de Rome, mais pas moi.

— Tu es bien courageuse en paroles, railla Emilio en enfouissant la main dans ses cheveux.

Il ôta les épingles qui les retenaient en chignon, libérant en même temps une cascade de sensations qui la submergea. Elle avala une goulée d'air. Il était beaucoup trop près. Elle sentait sa chaleur, et surtout la force de son désir, presque aussi grand que le sien. Même si elle l'avait voulu, elle n'aurait pas pu résister à cet appel puissant, primitif, dévorant.

Il la tira vers lui avec une brutalité qui l'excita et la terrifia en même temps, hanches contre hanches. Il n'était plus question de se cacher derrière des reparties impertinentes : sa hardiesse verbale ne la défendrait plus contre le déferlement tumultueux des émotions. Rien ne la protégeait plus d'Emilio. Plus rien n'existait que le désir dont la pulsation avait toujours battu entre eux.

— Mais ce ne sont que des mots, murmura-t-il contre ses lèvres.

Quand, impérieusement, il l'obligea à écarter les lèvres, Giselle s'abandonna avec ferveur à son baiser. Elle se soumit en gémissant aux assauts de sa bouche, sans même songer à protester contre sa rudesse. Leurs langues se cherchèrent, leurs mains s'agrippèrent, puis les boutons sautèrent ; des vêtements furent arrachés et même déchirés.

— Si tu ne veux pas, il faut le dire tout de suite, grommela durement Emilio en la plaquant contre le mur.

— Si, je veux, répondit-elle impatiemment, dans une sorte d'étourdissement. Je te veux.

Elle chercha son sexe et referma les doigts autour, retrouvant des sensations qui la transportaient, une combinaison étonnante de satin et d'acier. Elle sentit Emilio frissonner en même temps qu'il cherchait à garder le contrôle de lui-même.

Sans trop savoir comment, elle se retrouva nue à partir de la taille. Emilio eut à peine le temps de se protéger avant de plonger en elle, avec une force qui lui arracha une exclamation de surprise. Il émit un soupir de satisfaction virile quand elle s'accrocha à lui, parcourue par une chair de poule incoercible. Il se mit à bouger presque sauvagement, et chaque mouvement réveillait dans le corps de Giselle une mélodie enchanteresse dont les accords avaient déjà résonné dans un passé lointain.

Elle ne fut pas longue à capituler. Elle vacilla quelques secondes avant de basculer dans l'inconscience du plaisir. Elle s'arc-bouta, puis retomba avec des spasmes convulsifs qui vidèrent son esprit de toute pensée cohérente. La raison n'avait plus cours dans l'extase où elle sombrait.

Emilio la suivit peu après, et s'affaissa sur elle avec un frémissement de tout son être, qui la traversa aussi comme par ricochet.

De longues secondes s'écoulèrent.

— Je suis désolé, chuchota Emilio au creux de son cou, le souffle court. C'était un peu… précipité.

— Non, le rassura-t-elle en promenant ses mains caressantes sur son dos et ses épaules. Ne t'excuse pas.

Au bout d'un moment, il s'écarta légèrement pour la regarder.

— Tout va bien ?

Giselle hocha la tête, tout en s'interrogeant sur le sens réel de sa question.

— Oui. C'était… fantastique.

Emilio la lâcha et passa une main dans ses cheveux avec une expression désemparée.

— Ce n'était pas supposé se passer ainsi. J'avais envie que ce soit… mémorable.

Giselle posa une main sur sa joue râpeuse.

— Ça l'était, déclara-t-elle.

Cette étreinte était inoubliable, et elle en chérirait longtemps le souvenir…

Emilio l'étudia un instant avant de lui recouvrir la main de la sienne.

— J'ai envie de toi dans mon lit. Je veux me réveiller demain matin à côté de toi.

Comment aurait-elle pu dire non alors qu'il faisait renaître en elle des sensations qu'elle croyait à jamais perdues ? Même s'il ne l'aimait pas, il la désirait au moins.

Il n'aimerait peut-être jamais aucune femme. Les gens comme lui étaient parfois incapables d'amour parce qu'ils avaient trop souffert pour s'ouvrir à autrui. C'était une perspective désolante, mais qu'elle devait accepter. Il ne pouvait plus être question de partager son existence, mais elle se satisferait de vivre l'instant.

Elle l'enlaça par le cou et plongea son regard dans la profondeur de ses yeux noirs.

— Fais-moi l'amour, dit-elle doucement.

Alors, il la souleva dans ses bras pour la porter jusqu'à sa chambre ; il la déposa sur son lit comme une charge fragile et précieuse.

— Emilio…

La voix de la jeune femme était comme une caresse sur sa peau.

— Je suis là, *cara*.

— Je t'ai manqué ?

Il pressa un baiser sur sa bouche.

— Oui, terriblement.

Il ne mentait pas. Sans elle, la vie lui avait semblé vide et dénuée de sens. Il avait travaillé comme un forcené, mais sans but réel. Ses efforts lui avaient paru horriblement vains, même s'il avait gagné beaucoup d'argent. Rien n'avait comblé le gouffre qui s'était creusé après le départ de Giselle. Sa fondation l'avait un peu aidé, mais ce n'était pas assez. C'était elle qu'il lui fallait.

De nouveau, il l'embrassa, réveillant des envies refoulées mais qu'il ne pouvait plus ignorer. Il voulait la voir défaillir de plaisir contre lui, la sentir s'agripper à lui comme à une bouée de sauvetage, comme s'il était la seule personne sur terre capable de lui apporter un sentiment de complétude.

Il repoussa les fines bretelles de sa robe pour poser un baiser sur son épaule nue. Sa peau avait la saveur de l'été, mélangée à une fragrance exotique très particulière qui n'appartenait qu'à elle. Sa bouche descendit le long de son cou, s'attardant sur des endroits plus sensibles qu'il connaissait bien. Giselle commença à se tortiller délicieusement en poussant des petits soupirs qui aiguisèrent son désir. Chaque cellule de son corps la réclamait. Elle était cette part de lui, cette moitié manquante qu'il cherchait depuis toujours.

— J'ai envie de toi, murmura-t-il. Tellement fort que je ne peux penser à rien d'autre. Tu m'obsèdes.

— Moi aussi, j'ai envie de toi, souffla-t-elle, éperdue.

Ils partageaient au moins cela, songea Emilio. Elle avait beau proclamer sa haine, tout son corps disait le contraire.

Ils entamèrent un combat sensuel et sans merci, se mordillant les lèvres tour à tour. Puis Emilio planta délicatement les dents dans la chair tendre de son épaule. Elle rejeta la tête en arrière et ses longs cheveux blonds retombèrent souplement jusqu'au milieu de son dos, sur la main d'Emilio qui la soutenait. Elle articula un son presque indistinct, qui ressemblait à un acquiescement ou à un murmure d'impatience. Aussitôt, son désir redoubla : aucune femme n'aiguillonnait à ce point sa virilité.

Il dénuda ses seins pour les caresser, et elle se cambra contre sa paume tout en pressant les hanches contre les siennes. Malgré une envie presque insoutenable de la pénétrer, Emilio s'exhorta à la patience, afin de savourer chaque instant de leur étreinte. Il caressa doucement les replis de son sexe, prêt à le recevoir. Mais il n'était pas pressé.

— S'il te plaît…, le supplia-t-elle à mi-voix.

— Non, pas encore. C'est beaucoup mieux quand nous attendons tous les deux.

Elle se tordit fébrilement vers lui tandis que des doigts, il poursuivait son exploration. Elle était moite de désir ; son clitoris gonflé réagissait au moindre de ses frôlements.

Elle le chercha elle aussi, et il se raidit quand elle commença à le caresser, d'abord lentement puis avec plus de vigueur. Il eut besoin de tout son *self-control* pour garder la maîtrise de ses réactions.

Giselle finit par l'empoigner en se plaçant sous lui, positionnant sa hampe contre l'entrée de sa féminité.

— Maintenant, l'implora-t-elle. Tout de suite !

Il chercha un nouveau préservatif et se plaça au-dessus d'elle en s'appuyant sur les avant-bras. Un même cri s'échappa de leur gorge lorsqu'ils furent enfin réunis.

Quand son fourreau l'enveloppa dans une exquise torture, Emilio fut happé par un étourdissement vertigineux. Il réussit à se retenir au prix d'un effort surhumain. Personne n'avait jamais menacé autant qu'elle l'équilibre de ses nerfs d'acier. Avec Giselle, l'amour physique recelait toujours une dimension supplémentaire. Ce n'était plus seulement l'union de deux corps, mais quelque chose d'indéfinissable, qui l'atteignait à un autre niveau. Chaque fois qu'ils faisaient l'amour, les tourments de son âme s'apaisaient. Il cessait de souffrir.

Il le ressentait en ce moment même, pendant qu'elle caressait les muscles de son dos, qui se dénouaient peu à peu. Elle seule savait dissoudre ses tensions.

Il continua à bouger en elle, lentement, puis avec des mouvements plus rapides. Les jambes nouées autour de ses reins, elle l'accompagnait dans un accord parfait, le menant peu à peu vers le paroxysme.

Soucieux d'accroître son plaisir, il la caressa en même temps. Il connaissait si bien son corps qu'il savait exactement ce qu'elle aimait et à quel moment. Bientôt, elle fut prête à plonger dans l'oubli de soi. Elle rejeta la tête en arrière en poussant un cri aigu, et Emilio ne put se retenir plus longtemps. Il explosa en elle avant de s'effondrer, à bout de forces.

Elle continua longtemps à le caresser et à masser son dos, jusqu'à ce qu'il retrouve une respiration normale.

— Tu prends la pilule, j'imagine ? demanda Emilio en s'appuyant sur un coude. Les préservatifs ne sont pas forcément très fiables.

Giselle baissa les yeux.

— Ne t'inquiète pas, il n'y aura pas de problème...

— Mais tu es sous contraception ? insista-t-il.

— Je n'ai pas eu besoin de m'en préoccuper depuis... notre rupture. Je prends juste un comprimé pour réguler mon cycle.

Emilio hocha la tête, de nouveau assailli par une pointe de culpabilité. Giselle avait subi beaucoup d'épreuves depuis qu'il l'avait quittée. Tant de choses lui étaient arrivées... La mort de son père, puis la découverte de sa sœur jumelle, alors qu'elle venait d'acheter une boutique pour se lancer dans le commerce... Il n'était pas étonnant qu'elle ait perdu le sommeil. Elle le rassurait en le mettant hors de cause, mais il ne la croyait pas. C'était forcément sa faute. La vie de Giselle aurait été complètement différente s'il avait été là pour la soutenir.

Il avait envie de se rattraper, d'effacer ses erreurs. Malheureusement, ce ne serait pas si simple... Elle s'était endurcie, avait gagné en force de caractère et en obstination. Certes, il comprenait son besoin de se protéger pour ne plus souffrir. Cependant, il voulait briser ses défenses pour la reconquérir ; pas avec de l'argent mais pour de bon, parce que son attachement pour lui serait plus fort que son orgueil.

Emilio voulait qu'elle soit la mère de ses enfants. Il

n'imaginait personne d'autre dans ce rôle, et il avait lui-même très envie d'être père. Il était impatient d'avoir une famille à aimer et à protéger. Combien de fois n'avait-il pas rêvé de la voir enceinte ? Ces images l'avaient hanté tout au long de ces deux années ; or, aujourd'hui, son rêve redevenait presque accessible. Si seulement elle voulait bien mettre de côté son amour-propre pour admettre ses aspirations ! Elle adorait les bébés, elle était faite pour être mère, il en était persuadé. Il fallait juste qu'elle lui fasse suffisamment confiance pour oublier le passé et aller de l'avant.

Tout en promenant la main dans ses cheveux soyeux, Emilio se délecta de son visage détendu et ravi.

— Tu te souviens comme nous avions envie de fonder une famille ?

Elle sursauta comme s'il l'avait giflée. Puis, tirant sur les mèches qu'il avait enroulées autour de son doigt, elle le repoussa vivement. Il la regarda sans comprendre tandis qu'elle se levait et cherchait un peignoir.

— J'ai dit quelque chose qu'il ne fallait pas ? demanda-t-il, interloqué.

— J'ai changé d'avis sur la question. Je ne veux pas d'enfants.

A son tour, Emilio posa les pieds par terre et enfila sa robe de chambre.

— Qu'est-ce que tu racontes ? s'écria-t-il. Tu adores les enfants. Tu as une boutique de vêtements pour bébés et tu passes des heures à broder et à coudre de ravissantes créations. Tu dis n'importe quoi !

— Pas du tout, protesta-t-elle, sur la défensive. Tout le monde a le droit de changer d'avis.

Effaré, Emilio resta planté au milieu de la chambre, dévisageant son ex-fiancée comme si elle était subitement devenue quelqu'un d'autre. Deux ans plus tôt, elle ne tarissait pas lorsqu'on la lançait sur le sujet, choisissant déjà des prénoms, imaginant des ressemblances... Elle avait même envisagé d'arrêter la pilule dès la fin de leur lune de miel.

A trente-trois ans, Emilio ne voulait plus attendre avant de connaître les joies de la paternité. Il avait espéré qu'un mois suffirait pour normaliser ses relations avec Giselle. Il voulait se marier très vite et avoir aussitôt des enfants. Il était impensable que Giselle ne se plie pas à sa volonté ! Si elle refusait, il serait obligé d'admettre une défaite.

Or, il ne concevait pas l'échec !

Cette hantise l'accompagnait comme un ennemi invisible surgi de l'enfance, quand il errait à la recherche d'un toit et de nourriture. Il avait eu trop peur de ne pas être assez fort pour se sortir de cet enfer. Il avait dû lutter pied à pied jusqu'à la victoire.

Il n'échouerait pas.

Il trouverait le moyen de vaincre les résistances de Giselle. Il ne savait pas encore lequel, ni combien de temps cela prendrait, mais elle changerait d'avis. Il s'en fit la promesse solennelle.

— S'agit-il d'une décision récente ou est-ce le fruit d'une longue réflexion ?

— Peu importe. En tout cas, je ne reviendrai pas dessus.

— Giselle, tu sais combien j'ai envie de fonder une famille. Je m'en suis ouvert à toi dès le début. C'est même la raison qui m'a poussé à te demander en mariage.

— Tu crois que tu peux tout acheter parce que tu es immensément riche, mais tu te trompes.

Emilio se massa nerveusement la nuque.

— Ecoute, tu as beaucoup souffert à cause de moi, je m'en rends compte. Mais nous serions des parents fantastiques, toi et moi, je le sais. J'en suis intimement convaincu.

Elle lui jeta un regard noir.

— Je refuse d'être un simple ventre, pour toi comme pour un autre.

— Pour l'amour du ciel, Giselle, qu'est-ce qui te prend ? Loin de moi l'idée de te rabaisser à cette fonction ! Au contraire, c'est plutôt un honneur.

— Eh bien il faudra t'adresser à une autre parce que je n'y suis pas sensible, déclara-t-elle résolument.

Emilio serra les poings, envahi par la frustration. Comment lui faire entendre raison ? Un mois suffirait-il à la faire changer d'avis ? Si elle cherchait à le contrarier, elle n'aurait pas pu trouver meilleure arme qu'un refus de maternité…

Il ne lui avait pas encore tout raconté de son enfance. D'ailleurs, il n'avait jamais confié à personne combien il avait souffert du froid et de la faim, de la solitude et de la saleté. Il avait aussi eu terriblement honte de ne pas savoir qui était son père et d'être rejeté à cause de ses origines misérables.

— Est-ce une sorte de chantage ? demanda-t-il avec colère. Veux-tu davantage d'argent ?

Une profonde amertume, nuancée d'une pointe de dégoût, se peignit sur les traits de Giselle. Elle se détourna en croisant les bras sur sa poitrine.

— Outre que tes insinuations sont abjectes, je ne veux plus discuter de cela. Je suis ici pour un mois, selon l'accord que nous avons passé. Il ne sera pas question d'autre chose entre nous.

Emilio expira bruyamment.

— Je veux bâtir des projets d'avenir avec toi, Giselle.

Elle se raidit.

— Pour bâtir des projets, il faut que les deux parties

soient d'accord. En tant qu'architecte, tu écoutes les désirs de tes clients, non ? De toute façon, je ne peux pas te donner ce dont tu as envie.

— Tu ne peux pas ou tu ne veux pas ? demanda-t-il, cynique. En fait, tu veux te venger. Tu cherches à me punir. C'est pour cela que tu as accepté de me suivre en Italie : pour te rendre tellement odieuse que je te laisserai partir sans regrets à la fin du mois.

Elle lui fit face brusquement, vibrante de colère.

— Ce ne serait que justice ! Tu m'as brisé le cœur et je ne te le pardonnerai jamais. Je te détesterai jusqu'à la fin de mes jours !

Emilio la prit par les épaules.

— *Cara*, si tu me détestais vraiment, tu n'aurais pas fait l'amour avec moi comme tout à l'heure.

— C'était un simple rapport sexuel, rétorqua-t-elle avec une expression hautaine. J'ai traversé une longue période d'abstinence. Cela m'a fait du bien.

— Je ne te crois pas.

— Les femmes aussi peuvent séparer le sexe et les émotions.

— Vraiment ? lança Emilio avec un sourire méprisant.

— Oui, l'assura-t-elle d'un air de défi.

Il raffermit la pression de ses mains sur les épaules de Giselle et l'attira plus près.

— Dans ce cas, tu ne vois sûrement aucune objection à recommencer ?

Et il écrasa un baiser dominateur sur sa bouche.

Bien déterminée à garder les lèvres closes, Giselle ne résista pourtant pas très longtemps aux assauts d'Emilio. Comment aurait-elle lutté alors que son contact déclenchait en elle un maelström d'émotions bouleversantes ?

Des frissons coururent le long de son échine tandis que son amant pressait son sexe de nouveau dur contre son ventre, promesse d'une étreinte d'un érotisme torride.

S'asseyant bientôt sur son orgueil et faisant fi de ses principes, Giselle l'embrassa en retour avec une passion débridée, où ne subsistait plus aucune pudeur. Elle ne contrôlait plus la fièvre qui la dévorait et qui coulait dans ses veines comme un feu ardent. Quand il arracha son peignoir pour empoigner ses seins tendus vers lui, elle se courba entre ses mains comme un arc bandé. Quelques secondes plus tard, elle dut se raccrocher à lui de toutes ses forces pour ne pas chanceler.

Elle lui ôta sa robe de chambre pour savourer sous ses doigts le contact de son corps viril et musclé. Emilio la porta sur le lit, où ils s'écroulèrent tous deux dans un entremêlement de bras et de jambes. Au moment où son merveilleux amant entra en elle, il poussa un cri de plaisir, mâle et primitif, qui la transporta d'une joie indicible. Elle s'accorda au rythme furieux qu'il imprima à leur étreinte. Le souffle court, saccadé, elle se laissa emporter avec une frénésie dont elle ignorait tout jusque-là.

Ce fut un pur moment de folie.

Elle griffa et mordit sans retenue, tandis que la tension montait en elle, implacable. Même si elle l'avait voulu, il lui était maintenant impossible de rien maîtriser. Elle ne s'appartenait plus. L'extase l'embarqua comme une ivresse bienheureuse, l'engloutissant dans un tourbillon dans lequel elle eut l'impression de se dissoudre complètement. Jamais encore elle n'avait éprouvé une telle intensité…

Emilio poussa des cris de plaisir pendant que les spasmes qui les secouaient tous deux semblaient ne jamais devoir s'apaiser. Elle les sentit lui et elle à l'unisson, dans un accord parfait jamais atteint jusqu'alors.

Il finit par rouler sur le côté et se força à inspirer profondément pour reprendre son souffle.

Ne sachant trop quoi dire, Giselle demeura silencieuse. Abasourdie par la sensualité inégalée de cet assaut, elle tremblait comme une feuille. Intérieurement, elle avait toujours envie de haïr Emilio, mais cela devenait impossible. Il avait réussi à percer ses défenses, et la passion entre eux reprenait vie. S'éteindrait-elle jamais ? Giselle serait-elle capable de repartir une fois le mois écoulé ?

Emilio se tourna vers elle en s'appuyant sur un coude et enroula une mèche de ses cheveux autour de son doigt.

— Tu vas t'installer dans ma chambre.

Son ventre se contracta nerveusement. Visiblement, Emilio ne se satisferait pas de son petit arrangement et la voudrait toutes les nuits entre ses bras. Tant d'intimité la terrifiait, non parce qu'elle n'en avait pas envie, bien au contraire, mais…

Oh ! Seigneur, elle avait tellement peur de retomber amoureuse !

— Maintenant ? demanda-t-elle, faussement innocente.

— Non, pas tout de suite. Pour le moment, j'ai d'autres idées en tête.

— Oh ? lança-t-elle avec une désinvolture qu'elle était loin de ressentir.

De toute façon, son corps l'avait déjà trahie et s'apprêtait à accueillir de nouveau le sexe d'Emilio. Incapable de feindre la froideur ou l'indifférence, elle eut envie, cette fois-ci, de se montrer dominatrice. S'installant à califourchon au-dessus de lui, elle l'emmena jusqu'au septième ciel, avant de s'effondrer sur lui, à demi morte d'épuisement.

Puis, blottie au creux de ses bras, elle sombra dans le sommeil…

8.

Emilio resta éveillé de longues heures à regarder Giselle dormir. Pelotonnée contre lui, elle ronronnait comme un chaton, un bras posé en travers de son torse selon son ancienne habitude. Il caressa doucement sa peau satinée en songeant combien des moments comme celui-ci lui avaient manqué. Avant de la rencontrer, il n'avait jamais eu envie de passer une nuit entière avec une femme. Elle était la première à lui avoir inspiré ce désir, à cause de cette sensualité naturelle qui l'avait attiré dès le premier instant.

Il avait reçu sa virginité comme un cadeau. Même si cela paraissait un peu vieux jeu, il admirait Giselle de ne pas s'être jetée à corps perdu dans les expériences sexuelles, comme tant de jeunes femmes modernes et libérées. Elle avait préféré patienter pour être sûre de se donner à celui qu'elle attendait.

Et cet homme, c'était lui.

Il avait adoré son rôle d'initiateur, et elle s'était offerte à lui tout entière, pas seulement physiquement mais corps et âme, comme s'il s'était agi d'un acte sacré.

Il l'avait chérie comme un trésor précieux… jusqu'à ce qu'éclate l'ignoble scandale de cette vidéo tapageuse. Il lui avait alors immédiatement retiré sa confiance en pensant qu'elle lui avait joué la comédie de la séduction pour lui passer la bague au doigt. Il avait avant elle vécu des expériences désastreuses avec des arrivistes ou des aventurières, qui avaient malheureusement faussé son jugement. Il n'avait pas cru une seule seconde à l'innocence de Giselle. C'était ce qui le tourmentait le plus aujourd'hui. Il avait sauté à la conclusion sans même chercher d'autre explication ; il l'avait traitée honteusement, la jetant à la rue comme une fille de rien.

Il en concevait un chagrin immense. Le pardonnerait-elle jamais ? Elle avait suffisamment baissé la garde pour renouer des relations intimes. Etait-ce bon signe ? Ou cherchait-elle simplement à apaiser sa propre conscience à cause de l'argent qu'il lui avait promis ? Les deux millions de dollars étaient-ils le seul lien qui l'attachait à lui ? Il n'arrivait pas à chasser cette question de son esprit.

Elle bougea un peu, étendit une jambe, puis l'autre, avant d'ouvrir lentement les yeux.

— J'ai dormi ? demanda-t-elle en se redressant.

Emilio écarta ses cheveux emmêlés.

— Comme un bébé.

Une étincelle fugitive s'alluma dans son regard, puis elle baissa la tête en ramenant le drap sur sa poitrine. Elle était blanche et décomposée.

Emilio s'appuya sur un coude.

— Tout va bien ?

— Mais oui, pourquoi ? répliqua-t-elle avec une fausse indifférence.

Il passa un doigt sur sa joue.

— Je t'ai fait mal ? Nous nous sommes laissé emporter...

Un peu de rose colora ses pommettes, mais elle ne dit rien.

— Tu n'as pas changé d'avis ? reprit-il.

— A quel sujet ?

— Etait-ce « un simple rapport sexuel » ?

— Bien sûr, répondit-elle d'un air hautain.

114

Il glissa un index sous son menton.

— Menteuse. Il y a toujours eu autre chose entre nous, *cara*.

Elle le repoussa et roula sur le côté. Puis elle tendit le bras pour attraper un peignoir, les lèvres pincées comme si elle avait peur de répondre. Elle se leva, la tête haute.

— Où vas-tu ? lança-t-il.

— Prendre une douche. Je peux ? Ou faut-il d'abord te demander la permission ?

Emilio commençait à en avoir assez de cette comédie. Un instant, elle sanglotait de plaisir entre ses bras et, la minute suivante, elle se comportait comme si elle ne supportait plus sa présence. Leurs relations devaient se stabiliser au lieu de dégénérer constamment en bagarre. Il avait sincèrement envie d'oublier le passé. Il ne servait à rien de s'appesantir sur ses erreurs. Il fallait se tourner vers l'avenir. C'était le seul choix possible.

— Fais ce que tu veux, dit-il en rejetant les couvertures. A tout à l'heure pour le petit déjeuner.

Marietta avait dressé le couvert sur la terrasse et apporté les journaux du matin. Giselle s'assit en face d'Emilio et se servit une tasse de thé. Au moment où elle la portait à ses lèvres, elle aperçut un journal anglais et le tira pour en lire les gros titres. Subitement, la tasse lui tomba des mains et se brisa sur les dalles tandis que, prise de vertige, elle portait la main à son cœur.

Emilio se leva précipitamment.

— Giselle ? Qu'y a-t-il ? Tu t'es brûlée ?

La gorge serrée, incapable de prononcer un son, elle pressait le tabloïd contre sa poitrine en s'efforçant de reprendre sa respiration.

Deux photos s'étalaient en une. L'une d'elles la

montrait avec Emilio, la veille, en train de le dévisager avec colère. Le cliché n'était guère flatteur, mais cela n'avait aucune importance.

L'autre cliché… *Oh ! mon Dieu* !… Mais comment était-ce arrivé ? Comment les journalistes s'étaient-ils procuré une photo d'elle sur la tombe de son bébé ? L'avait-on suivie la dernière fois qu'elle était allée porter des fleurs à Lily au cimetière ?

Elle essaya de réfléchir malgré la douleur qui lui comprimait les tempes. Quelqu'un l'avait sans doute reconnue et en avait profité pour monnayer un cliché pris sur le vif. Cela valait très cher, maintenant qu'elle recommençait à fréquenter une personnalité mondialement connue comme Emilio. Quelle horreur… Allait-elle vivre un enfer pendant le long mois qu'elle était obligée de passer avec lui ? Ne pouvait-on pas la laisser tranquille et respecter son chagrin au lieu de l'étaler en pleine page ?

Elle était ulcérée. Elle ne supportait pas d'être ainsi jetée en pâture à la curiosité malsaine des gens. Comment la précieuse présence de Lily (qui vivrait en elle à jamais) pouvait-elle être imprimée sur du papier bon marché avant de finir à la poubelle avec les autres nouvelles défraîchies ?

Emilio.

— Pour l'amour du ciel, que se passe-t-il ? s'écria Emilio en cherchant son regard.

Elle ouvrit et referma la bouche, mais aucun son n'en sortit. Prise de nausée, elle lutta pour ne pas s'évanouir en tâchant de garder le journal serré contre elle. Mais ses mains tremblaient tellement qu'elle ne résista pas quand Emilio s'en saisit.

Le temps s'immobilisa, et le bruissement du papier déplié emplit le silence, démesurément. Giselle fixa

Emilio pendant qu'il lisait les mots qui s'étaient à jamais gravés en elle :

LE SOUVENIR TRAGIQUE DE LA MORT DE LEUR ENFANT LAISSE PLANER UNE OMBRE SUR LA RÉCONCILIATION DU COUPLE ANDREONI.

Un mélange de choc, de surprise et d'incrédulité se peignit sur le visage d'Emilio, qui se figea comme une statue de sel.

Il demeura silencieux pendant un long moment. Elle ne l'entendait même plus respirer.

Puis, elle vit sa pomme d'Adam monter et descendre nerveusement.

— Que… Qu'est-ce que ça veut dire ? laissa-t-il tomber d'une voix étranglée, avec des accents douloureux qui résonnèrent atrocement en elle.

Son teint était devenu gris comme de la cendre. Il était méconnaissable.

Elle aurait tout donné pour qu'il ne l'apprenne pas ainsi. Elle avait prévu de lui dire la vérité avec beaucoup de ménagements, afin de le heurter le moins possible, quand leur intimité serait moins fragile, plus assurée.

Cessant de retenir sa respiration, elle expira lentement.

— J'étais enceinte quand nous avons rompu. Je l'ai découvert seulement deux mois après mon retour à Sydney.

Il la regarda sans comprendre, avec des yeux de déments, un air hagard et égaré.

— Enceinte ? répéta-t-il d'une voix blanche.

— Oui…

Un instant, il enfouit le visage entre ses mains. Puis il redressa la tête, toujours aussi décomposé.

— Tu as eu un bébé ?

La gorge de Giselle se serra.

— Oui…

— Mon bébé ?

Elle reçut sa question comme un coup de poignard dans le cœur.

— Comment oses-tu demander une chose pareille ?

Pris de remords, Emilio se massa les tempes pour s'éclaircir les idées.

— Désolé, j'ai parlé sans réfléchir. Pardonne-moi.

Anéanti, il marqua un nouveau temps d'arrêt.

— C'était un garçon ou une fille ?

— Une fille, répondit Giselle en refoulant ses larmes.

— Que lui est-il arrivé ? articula-t-il d'une voix rauque.

— Les médecins ont détecté un problème à la seizième semaine et m'ont proposé d'avorter. Mais j'ai refusé. Je voulais lui laisser sa chance. J'avais tellement envie qu'elle vive ! Malheureusement, elle n'a survécu que quelques heures. Six heures, vingt-cinq minutes et quarante-trois secondes, pour être précis. Ce n'est pas long pour une vie…

Emilio avait l'impression d'avoir reçu le Colisée sur la tête. Affreusement désemparé, il resta debout, les bras ballants, envahi par la honte et la culpabilité.

Giselle était enceinte lorsqu'il l'avait jetée à la rue… Elle portait son enfant.

Un enfant qu'il ne connaîtrait jamais, qu'il ne tiendrait jamais dans ses bras.

Que s'était-il passé ? Cette toute petite fille avait-elle souffert ? Pourquoi ne lui avait-on rien dit ?

— Quel était le… le problème ? bredouilla-t-il.

— Une anomalie génétique. Ses organes n'étaient pas complètement formés. Les médecins n'ont rien pu faire pour la sauver.

Emilio bascula la tête en arrière, étreint par une douleur sans nom, assailli par la frustration et le chagrin. La malchance s'était acharnée sur son enfant. Aurait-elle connu un destin différent s'il avait été là ? Pour elle, il aurait remué ciel et terre.

— On a déterminé les causes ?

Giselle écarta les mains dans un geste d'impuissance.

— Les médecins n'avaient pas d'explications. Mais je me suis toujours demandé si j'avais une part de responsabilité…

Le remords, de nouveau, submergea Emilio. Si c'était la faute de quelqu'un, c'était la sienne. Le stress qu'il avait infligé à Giselle avait certainement perturbé sa grossesse.

— Pourquoi ne m'as-tu rien dit ? demanda-t-il. J'aurais pu t'aider. Cela aurait peut-être tout changé. Pourquoi as-tu gardé un secret aussi lourd ? J'avais le droit de savoir !

Elle lui lança un regard dur.

— Tu as donc oublié tes mots d'adieu ? Tu ne voulais plus jamais entendre parler de moi, sous aucun prétexte. Je t'ai obéi.

— Tu n'as même pas essayé de me contacter ? Tu ne m'as vraiment laissé aucune chance.

Devant cette accusation — qu'il savait un peu injuste —, les beaux yeux gris-bleu de Giselle lancèrent des éclairs de rage.

— Qui sait si tu ne m'aurais pas poussée à avorter ? Je ne voulais pas courir ce risque. Et puis dois-je te rappeler que tu m'avais répudiée comme la dernière des traînées ?

Consterné, Emilio se tut. Même si elle avait en un sens raison, quelle piètre opinion elle avait de lui ! L'obliger à avorter ? Le connaissait-elle donc si mal ?

— Tu m'as cru capable de t'obliger à un tel acte ?

— Franchement, je n'en sais rien. Tu es tellement épris de perfection ! Et puis, tout s'était si mal terminé entre nous… J'ai pensé que c'était mieux ainsi.

Emilio avait du mal à encaisser le choc. Il aurait fait n'importe quoi pour cet enfant, tout ce qui était en son pouvoir.

Une fureur sourde s'empara de lui.

— Pour qui me prends-tu, à la fin ? Je ne suis pas cruel et insensible au point de renier ma propre chair !

« Pas comme ma mère », songea-t-il dans un flash-back terrifiant. Il cilla plusieurs fois pour refouler ses souvenirs.

— Je n'aurais jamais fait une chose pareille, Giselle. Pour rien au monde.

Elle se détourna en se mordant la lèvre.

— J'avais assez d'avis contradictoires à ma disposition. Je n'avais pas besoin du tien pour achever de me perturber.

Un regret amer, immense, envahit Emilio. Accablé, il se tassa sur sa chaise.

— Tu aurais dû m'en parler, Giselle. Te rends-tu compte de ce que c'est pour moi de l'apprendre ainsi, par voie de presse ?

Elle le fixa droit dans les yeux, avec une détermination qu'il ne lui avait jamais vue.

— Tu ne penses qu'à toi, Emilio ! Moi aussi, j'ai beaucoup souffert. Plus que toi et à cause de toi. Tu imagines ce que j'ai vécu ? Alors je me moque de ce que tu ressens !

La colère d'Emilio se mua en rage aveugle, plus virulente que celle qu'il avait éprouvée deux ans plus tôt. Comment Giselle pouvait-elle se montrer aussi froide et indifférente à son égard ?

— Eh bien, te voilà vengée, lâcha-t-il froidement. Tu m'as infligé une rude punition, je te félicite.

Elle lui lança un regard de défi.

— Ce n'était pas délibéré. Tu imagines toujours le

pire, à mon sujet. Tu me condamnes d'abord et tu te poses les questions après.

— Avais-tu l'intention de m'en parler un jour ?

Une lueur coupable brilla fugitivement dans les yeux de son ex-fiancée.

— Je ne savais pas comment m'y prendre. Ce n'est pas un sujet facile à aborder…

— Tu aurais dû me le dire le jour où je suis venu te voir à ta boutique. J'avais fait un gros effort, je t'avais présenté des excuses. Tu aurais pu faire la moitié du chemin.

Elle le considéra avec dédain.

— En fait d'excuses, tu m'as dédommagée avec de l'argent, ricana-t-elle. Sinon, je ne serais pas ici en ce moment.

Emilio serra les mâchoires en grinçant des dents. La sensation de perte et de douleur le rendait fou. Il n'avait pas l'habitude d'être ainsi déstabilisé. Il avait cautérisé ses blessures depuis longtemps et ne donnait plus prise à l'émotion. Jusqu'à cet instant…

Jamais encore il ne s'était senti aussi vulnérable et désorienté. Il avait l'impression de ne plus rien contrôler.

Comment pourrait-il jamais réparer les erreurs du passé ? Giselle avait perdu leur bébé dans la souffrance et la solitude. Il n'avait pas été là pour la protéger. A présent, il comprenait pourquoi elle n'était pas prête du tout à lui donner une seconde chance. Un gouffre de douleur et d'amertume s'était creusé entre eux deux. Existait-il un moyen de le combler ? L'impuissance qu'il éprouvait le ramenait de longues années en arrière, lorsqu'il vivait comme un misérable dans les rues.

— Je suis désolé, murmura-t-il, d'une voix qui sonna affreusement impersonnelle à ses oreilles.

Leur bébé était mort. C'était horrible, inéluctable.

Ce fut Giselle qui rompit le long silence chargé de deuil et d'incompréhension qui s'était installé entre eux.

— J'ai des photos.

Emilio sursauta en revenant à la réalité.

— De notre enfant ?

— J'ai aussi sa couverture.

— Ici avec toi ?

— Tu dois probablement trouver cela bizarre et pathétique, mais je n'ai jamais pu m'en séparer.

Les yeux de Giselle s'emplirent brusquement de larmes.

— Le plus dur, c'est quand les gens me demandent si j'ai des enfants. Je ne sais pas quoi répondre.

Elle étouffa un sanglot. Emilio la prit dans ses bras pour la bercer doucement, calant le menton sur le sommet de sa tête. Il était trop ému pour trouver quelque chose à dire. Il songea aux souffrances qu'elle avait endurées. Qui l'avait soutenue ? Comment avait-elle supporté cette tragédie tout en travaillant ? Et quelle cruelle ironie de tenir une boutique qui lui rappelait constamment la perte qu'elle avait subie.

Un magasin de puériculture.

Une boule se forma dans son estomac à la pensée de tous ces vêtements minuscules, ces chaussons et ces robes de baptême. Elle n'aurait pas pu choisir métier plus difficile. Jour après jour, elle accueillait des femmes enceintes et les aidait à choisir des habits pour leurs bébés. Comment avait-elle réussi à tenir le coup ? Il n'était vraiment pas étonnant qu'elle le déteste. Il comprenait aussi pourquoi elle avait exigé autant d'argent en dédommagement.

— Non, je ne trouve pas cela étrange ni pathétique que tu aies gardé sa couverture, répondit-il enfin.

Elle se recula un peu pour le regarder de ses yeux rougis.

— Vraiment ?

Il hocha la tête sobrement. Sa colère lui semblait déplacée, à présent. Il n'était pas en position de reprocher quoi que ce soit à Giselle. Elle avait bien assez subi sans qu'il l'accable davantage. D'ailleurs, même si elle avait essayé de le contacter, il aurait probablement bloqué ses appels. Sa détermination et son entêtement, qui se révélaient payants dans le domaine professionnel, le handicapaient sur le plan personnel, intime.

— Tu ne t'es pas remise de cette tragédie, murmura-t-il en essuyant une larme sur sa joue.

— Ma mère… Hilary, rectifia-t-elle, pense que je suis un cas désespéré. Mais qu'en sait-elle ? Elle n'a jamais vraiment eu de bébé…

— Ce n'est pas vrai, objecta Emilio. Elle t'a eue, toi. Peut-être pas biologiquement, mais c'est elle qui t'a élevée. Même si elle n'a pas été la meilleure mère du monde, elle ne t'a pas abandonnée à quatre ans et en plein hiver, sous une porte cochère, au milieu des rats…

Son horrible aveu fut suivi d'un long silence.

Il regretta presque aussitôt cette confidence. Après tout, il était guéri depuis longtemps. En ce moment, il ne s'agissait pas de lui, mais de la désolation qui s'était abattue sur Giselle.

Elle s'écarta de lui et le dévisagea, abasourdie.

— Ta mère a fait cela ?

— Oui… Tu n'es pas la seule à avoir souffert, Giselle. Et ta mère adoptive a certainement fait de son mieux.

Elle le scruta attentivement en plissant les yeux.

— Tu as parlé à Hilary ? demanda-t-elle, suspicieuse.

— Non, mais j'imagine sans peine ce qu'elle ressent. Pourtant, même si tu as pris tes distances à cause de circonstances indépendantes de sa volonté, tu es toujours vivante. Moi, je ne sais même pas le prénom de mon enfant.

— Je l'ai appelée Lily.

La gorge d'Emilio se serra.

Lily…

— Je peux voir les photos ?

Giselle hocha la tête.

— Je vais les chercher.

Emilio se baissa pour ramasser les débris de la tasse lâchée par Giselle. Comme la fine porcelaine, son cœur s'était lui aussi brisé en mille morceaux…

Giselle sortit l'album de photos du tiroir et le tint serré contre elle pendant un moment. La confidence d'Emilio l'avait profondément bouleversée. Elle ne supportait pas de l'imaginer comme un petit garçon solitaire, abandonné, fragile et vulnérable. Comment sa mère avait-elle pu en arriver à cette extrémité ? Qui s'était occupé de lui ? Elle percevait mieux pourquoi il ne voulait jamais se retourner sur son passé. Et pourtant, il avait créé cette fondation pour les enfants déshérités, avec la détermination qui le caractérisait et dont elle comprenait seulement maintenant l'origine.

Reposant l'album, elle prit la petite couverture rose qu'elle avait si tendrement brodée pour Lily et enfouit son visage dedans. Dans quoi avait-on enveloppé Emilio à sa naissance ? Il avait terriblement manqué d'amour et d'affection. Peut-être n'avait-il jamais été désiré… Sinon, on ne l'aurait pas abandonné à quatre ans.

Quand elle le rejoignit sur la terrasse, il lui prit l'album comme un objet infiniment précieux et passa lentement les doigts sur le cœur rose et blanc qu'elle avait brodé sur la couverture.

Elle n'oublierait jamais ce moment.

Même s'il n'avait pas été là pendant sa grossesse, c'était le père de Lily, et il rencontrait sa fille pour la première fois. Sous le coup d'une violente émotion, il avait les yeux humides. Jamais elle ne l'avait vu ainsi, aussi humain et accessible.

A la première page, il découvrit le corps du nouveau-né à la naissance, avec sa bouche ouverte comme un bec d'oiseau. Ensuite, après avoir été lavée, Lily était enroulée dans la couverture rose. Il lui restait un peu moins de quatre heures à vivre...

— Elle te ressemble, observa Emilio d'une voix altérée.

— Non, plutôt à toi.

L'expression bouleversée d'Emilio la chavira. Elle ne s'attendait pas à ce genre de réaction de la part d'un homme qui ne pouvait pas connaître le lien physique extraordinaire qui unit une mère à son enfant.

— Elle nous ressemble à tous les deux, murmura-t-il gravement.

Giselle se mordit la lèvre inférieure pour essayer de contrôler ses émotions.

— Oui...

— Je peux...

Il s'éclaircit la gorge.

— Je peux les photocopier ?

Elle hocha la tête.

— Bien sûr.

— Elle pesait combien ? reprit-t-il au bout d'un long silence douloureux.

— Un peu moins de deux kilos. Elle ressemblait à une poupée. Regarde.

Du bout du doigt, Emilio traça le contour de la petite fille sur la photo.

— Elle est belle. Je regrette de ne pas l'avoir tenue dans mes bras.

Giselle lui tendit la couverture rose. Jusque-là, personne d'autre qu'elle n'y avait touché.

— Elle est encore imprégnée de son odeur, murmurat-elle. En tout cas, j'ai l'impression de la sentir quand je ferme les yeux.

Emilio la porta à son visage pour respirer ce parfum innocent de talc et de bébé. A ce moment-là, une larme roula sur sa joue, et Giselle fut submergée par l'émotion. Pendant très longtemps, la colère avait pris le pas sur ses sentiments. A présent, elle regrettait d'avoir si mal jugé le père de Lily. Et elle compatissait. Ce devait être terrible pour lui de découvrir brutalement une paternité qu'il ignorait. Lui pardonnerait-il un jour ?

— Merci, dit-il au bout d'un long silence en lui redonnant la couverture.

— Emilio… Je suis sincèrement désolée de ne pas avoir fait l'effort de te prévenir. J'ai eu tort. J'aurais dû au moins essayer.

Il grimaça une moue de regret.

— J'aurais probablement refusé de t'écouter. J'étais beaucoup trop orgueilleux et entêté. Je me suis comporté d'une façon inqualifiable. J'ai été aveugle, dès le départ, et j'ai envenimé la situation au lieu de chercher une solution. C'est impardonnable.

— Nous avons l'un et l'autre commis des erreurs, dit-elle doucement.

— Je ne sais plus quoi faire, avoua-t-il d'un ton penaud. Pour la première fois depuis longtemps, je me sens totalement impuissant.

Il poussa un soupir à fendre l'âme.

— Tu avais raison, *cara*. On ne peut pas tout effacer pour remettre le compteur à zéro.

— Je suis désolée… murmura-t-elle, la gorge nouée.

— Pourquoi ? Tu es innocente dans cette histoire. C'est moi qui suis coupable. Rien de tout cela ne serait arrivé si je t'avais fait confiance.

Il lui tourna le dos et regarda en direction du jardin.

— J'ai réfléchi à ce que tu m'as dit, reprit-elle au bout d'un moment. Si les rôles avaient été inversés…

— N'essaie pas de me trouver des excuses, Giselle, dit-il en lui faisant face. Tu te serais comportée différemment. Nous le savons parfaitement tous les deux. C'est moi qui me suis mal conduit, pas toi. Et c'est malheureusement irrattrapable.

Même si elle avait su quoi répondre, Giselle était de toute façon trop écrasée de tristesse pour pouvoir parler. Loin d'alléger sa douleur, cette conversation l'avait anéantie. Seule, elle avait appris à surmonter son chagrin. Mais, elle ne savait pas du tout comment aider Emilio à faire face au sien.

Il revint vers elle.

— Après un coup pareil, c'est beaucoup de te demander de rester en Italie. Mais je te promets de faire mon possible pour te protéger des médias. Dès que ta marque sera déposée, je me chargerai des contacts commerciaux et je te représenterai dans les réunions. Tu n'auras pas à sortir de la villa.

— Je ne suis pas certaine que ce soit la solution. Je ne sais pas comment les journalistes se sont procuré cette photo, mais il en existe probablement d'autres. Je ne veux pas apparaître comme une victime.

— Tu resteras quand même un mois, comme prévu ? demanda-t-il d'une voix incertaine.

Giselle hésita l'espace d'une fraction de seconde. Puisqu'il lui en donnait la permission, elle avait la possibilité de repartir, de tirer un trait et ne jamais le revoir. Mais le pouvait-elle vraiment ? Et surtout, le voulait-elle ? Pour la toute première fois, Emilio lui avait fait des confidences sur son enfance. Sans doute lui en dirait-il davantage, ce qui lui permettrait de mieux le comprendre.

— Oui, je reste.

Emilio la prit par les épaules avec une délicatesse qui la toucha profondément. Puis il plongea ses yeux d'un noir profond dans les siens avant de se pencher pour effleurer sa bouche d'un tendre baiser.

— Merci, dit-il. Je ferai tout ce qui est en mon pouvoir pour que tu ne le regrettes pas.

9.

Durant la semaine qui suivit, les réunions d'affaires organisées par Emilio se déroulèrent à la perfection. Giselle participa à toutes. La dimension inattendue que prenait son travail lui offrait exactement la distraction dont elle avait besoin.

En privé, Emilio se montrait tendre mais distant. Il lui fallait un peu de temps pour surmonter les derniers événements. Elle avait peur de lui parler, de crainte qu'il n'aborde de nouveau la question des enfants, si bien que leurs conversations sonnaient horriblement guindées.

En dépit de ses précautions, il y eut malgré tout un moment bouleversant. Ils visitaient la chaîne de fabrication d'une usine qui fournissait des magasins haut de gamme. Giselle montrait des échantillons au directeur qui s'excusa quelques instants pour parler à son adjoint. C'est alors qu'elle aperçut Emilio, à l'écart, qui examinait avec une expression affreusement mélancolique une oursonne en peluche vêtue d'un tutu rose. Elle dut se détourner pour cacher son émotion.

Heureusement, l'intérêt des paparazzis s'était un peu relâché, mais elle n'était pas complètement à l'aise. La sensation de vivre sous un microscope la pétrifiait, et elle se demandait comment les célébrités s'en accommodaient. Emilio semblait rodé : il parvenait parfaitement à éviter les journalistes. Il l'emmenait dîner dans des petits restaurants discrets. Petit à petit, elle apprenait à mieux connaître l'homme qui se cachait derrière l'architecte de renom. Il abandonnait le masque qu'il portait en public pour se rapprocher d'elle.

Un soir, en sortant d'une *trattoria*, ils tombèrent sur une jeune visiblement droguée qui titubait dans la rue, perchée sur des hauts talons et vêtue d'une minijupe à peine décente. Elle s'approcha d'Emilio et s'agrippa à lui en l'apostrophant d'une manière horriblement racoleuse. Sans la rabrouer, il ôta gentiment sa main de sa veste, mais la garda dans la sienne tout en lui parlant, comme un père à sa fille.

Giselle l'observa avec stupéfaction. Elle ne comprenait pas tout car ils échangeaient en italien, mais sa gentillesse perceptible la bouleversait. Après avoir bavardé avec la jeune fille, un peu à l'écart pour la soustraire à la curiosité des passants, Emilio appela son foyer d'accueil. Quelques minutes plus tard, une camionnette arriva et un aide-soignant prit le relais pour emmener la malade en lieu sûr.

Giselle rejoignit Emilio et passa un bras sous le sien.

— Tu avais l'air de la connaître, dit-elle.

Il poussa un profond soupir.

— Oui. Elle s'appelle Daniela et en est à sa troisième cure de désintoxication. Elle voudrait sortir de ce cycle infernal. Malheureusement, les handicaps s'accumulent pour la faire rechuter. Non seulement sa famille ne l'aide pas, mais elle s'est entourée de personnes néfastes et elle manque terriblement de confiance en elle. J'ai toujours peur qu'on la retrouve morte un jour au fond d'une impasse. La police la comptabilisera dans le nombre de décès par overdose…

Il se passa la main dans les cheveux d'un air affligé.

— Ce qui m'attriste le plus, c'est qu'elle aurait tout

pour réussir. Elle est belle, intelligente… Que faire pour l'empêcher de se détruire ? Combien de jeunes femmes se retrouvent comme elle, complètement démunies ? Certaines ont des enfants. Qui s'en occupe pendant qu'elles sont dans la rue à se prostituer ?

Giselle était émue. Emilio n'avait pas besoin de lui en dire davantage : il avait été l'un de ces pauvres enfants laissés pour compte…

— Tu fais tout ce que tu peux, Emilio, dit-elle. Bien plus que n'importe qui.

— Cela reste insuffisant.

Il s'éloigna de quelques pas et se massa la nuque.

— Ce ne sera jamais assez, murmura-t-il.

Elle s'approcha pour l'entourer de ses bras et poser sa joue contre son dos. Petit à petit, il perdit de sa raideur et se retourna. Son expression s'était radoucie, et il avait l'air d'avoir pris une décision difficile, à laquelle il songeait peut-être depuis longtemps.

— Je veux te montrer quelque chose.

— Quoi donc ?

Sans répondre, il la prit par la main et la conduisit par un dédale de ruelles obscures, envahies par les rats et les détritus. Giselle découvrit avec la chair de poule un monde inconnu. Elle se sentait honteuse d'avoir vécu pendant vingt-cinq ans dans le confort en ignorant l'existence misérable de tous ces pauvres gens. En comparaison, ses soucis personnels paraissaient tellement bénins…

Ils finirent par arriver au fond d'une arrière-cour mal éclairée. Le seul lampadaire qui fonctionnait jetait une faible lueur sur de vieilles bâtisses sales et décrépites. Emilio la mena jusqu'à une espèce de hangar à moitié en ruine. Des planches couvertes de graffitis étaient clouées sur les portes et les fenêtres, probablement pour défendre aux squatteurs d'y élire domicile. C'était un endroit d'une tristesse infinie.

— C'est ici que ma mère m'a abandonné, dit-il d'une voix sans timbre. Un mois ou deux avant mon quatrième anniversaire. Je m'en souviens comme si c'était hier.

Les larmes aux yeux, Giselle serra ses doigts entre les siens tout en fixant les marches du perron usées par le temps. Incapable de proférer un son, elle imagina le petit Emilio tout seul ici. Qu'avait-il ressenti lorsque sa mère était partie pour ne jamais revenir ?

— Elle était très jeune, à peine sortie de l'adolescence, reprit-il. Et elle ignorait probablement qui était mon père. J'ai appris plus tard qu'il y avait quatre ou cinq candidats possibles.

— Oh ! Emilio…

— Elle m'a simplement dit de l'attendre.

Il pressa avec force la main de Giselle, jusqu'à lui faire mal. Elle se tut sans protester, pendant qu'Emilio paraissait perdu dans ses souvenirs.

— Elle m'avait promis de revenir. Et je l'ai crue. Je l'ai attendue pendant des heures. Peut-être même des jours entiers, je ne sais plus. Je me rappelle simplement combien j'avais froid.

Il frissonna avant de poursuivre :

— J'étais glacé jusqu'à la moelle. C'est une sensation que je n'oublierai jamais. Parfois, cela me saisit encore, à l'improviste.

Giselle l'enlaça dans un élan de tendresse.

— Comme tu as souffert… Cela m'est insupportable !

Il la serra violemment contre lui. Elle avait envie d'absorber toute la douleur de son âme d'enfant, qu'il avait si longtemps cachée aux yeux du monde.

Au bout d'un long moment, il s'écarta.

— Je ne veux pas que d'autres enfants endurent ce

que j'ai vécu. Je ne veux pas qu'ils passent leur vie à se demander où leur mère est partie et pourquoi elle n'est pas revenue, sans savoir si elle est vivante ou morte. Je ne veux pas non plus qu'ils se retournent parfois sur un homme croisé dans la rue en se demandant s'il est le père qu'ils n'ont jamais connu.

— Tu es vraiment quelqu'un d'extraordinaire, Emilio, murmura Giselle en prenant son visage entre ses paumes.

— Je n'avais encore jamais montré cet endroit à personne, dit-il d'un ton bourru. Même les employés du foyer d'accueil ignorent tout de mon histoire.

Il lui prit la main avec un petit sourire triste.

— Partons d'ici. Cet endroit me donne la chair de poule.

— Monte te coucher, dit Emilio à Giselle lorsqu'ils furent rentrés à la villa. Je vais téléphoner pour prendre des nouvelles de Daniela.

— Je t'attends, répliqua-t-elle.

Il lui caressa la joue.

— Attends-moi plutôt là-haut. Je ne serai pas long, je te le promets.

Il la regarda monter les marches. De temps en temps, elle se retournait, ses grands yeux gris-bleu pleins d'un désir égal au sien.

Emilio était content de s'être confié. Cela lui avait fait beaucoup de bien et l'avait aidé à mettre de la distance entre le passé et le présent. Et Giselle avait réagi avec beaucoup d'empathie ; une empathie sincère, il n'en doutait pas.

Après avoir passé son coup de fil, il la rejoignit dans la chambre de maître. En sortant de la douche, elle lui avait emprunté son peignoir, beaucoup trop grand pour elle.

— C'est à moi ! protesta-t-il en le tirant par la manche.

— Mais je me sens bien dedans, répondit-elle avec un sourire effronté.

— Je vais te l'enlever.

Une lueur mutine s'alluma dans ses yeux.

— Et si je résiste ?

— Ce n'en sera que plus amusant.

Elle poussa un petit cri quand il la souleva dans ses bras pour la porter sur le lit, où il la déposa très doucement. Sans la quitter des yeux, il entreprit de se déshabiller, puis il tira sur la ceinture du peignoir et en écarta les pans pour contempler son corps magnifique. Se penchant alors vers sa poitrine, il embrassa ses seins tour à tour ; elle se tendit vers lui sans retenue, avec des soupirs de plaisir.

— Tu ne résistes pas beaucoup, la taquina-t-il.

— Sans doute parce que tu es irrésistible, souffla-t-elle en promenant les mains sur son torse, avant de glisser lentement plus bas.

Il retint sa respiration. Cette femme avait des doigts de fée. Dès qu'elle le touchait, la magie opérait et le désir l'emportait. Il la repoussa sur le dos et se coucha sur elle, à moitié appuyé sur les coudes.

— Je ne t'écrase pas ?

— Pas du tout, répliqua-t-elle en attirant son visage tout près pour l'embrasser.

Giselle avait les lèvres douces comme du velours. Tout en savourant leur langoureux baiser, Emilio se mit à caresser sa peau satinée, explorant ses courbes féminines, puis son sexe. Bientôt, n'y tenant plus, il la pénétra. Quand elle poussa un petit cri, il s'immobilisa immédiatement.

— Je te fais mal ?

— Non, c'est juste que… je manque un peu de pratique, avoua-t-elle avec une rougeur charmante.

Il voulut s'écarter mais elle l'en empêcha.

— Non, reste. J'ai envie de toi.

Soucieux de lui laisser le temps de s'accoutumer, il la posséda lentement, avec le plus de délicatesse possible. Il avait la délicieuse impression de s'enfoncer dans de la soie. A chacun de ses mouvements, Giselle soulevait les hanches à sa rencontre, de plus en plus pressante et impatiente. Ses paumes s'appuyaient plus fermement au creux de ses reins au fur et à mesure que le rythme s'accélérait. Emilio sentait fébrilement s'accroître la tension de Giselle, qui s'offrait maintenant sans aucune pudeur, anxieuse seulement de se perdre dans un total abandon.

— Maintenant… supplia-t-elle dans le cou d'Emilio. Maintenant !

Les doigts d'Emilio glissèrent vers le haut de ses cuisses. Il savait exactement quelles caresses la porteraient au paroxysme. Il lui avait lui-même appris à se détendre et se laisser aller dans le tourbillon du plaisir. Au début, elle hésitait et cherchait à se contrôler parce qu'elle avait peur de la violence des sensations qui l'emportaient. Puis, petit à petit, il avait réussi à lui donner un tel sentiment de sécurité qu'elle arrivait à s'oublier.

Ils parvinrent en même temps au sommet de l'extase, dans un tremblement de tout leur être, pour quelques secondes de félicité qui leur parurent des siècles dans leur intensité.

Emilio demeura ensuite très longtemps immobile. Giselle reposait paisiblement entre ses bras, avec ses cheveux blonds répandus sur l'oreiller. A chaque respiration, son souffle lui caressait la joue, presque aussi léger qu'une plume.

Il ferma les paupières en respirant le parfum de sa peau, un subtil mélange de sucre et de vanille.

Jamais il ne s'était senti aussi près d'avoir enfin trouvé celle qui saurait apporter la paix à son âme.

10.

Quand Giselle s'éveilla le lendemain matin, elle fut déçue de ne pas trouver Emilio à côté d'elle dans le lit. Travailleur infatigable, il ne s'accordait que peu de répit. Mais, après avoir découvert l'affreuse réalité de son enfance, elle comprenait mieux l'énergie et la détermination qu'il mettait au service de son ambition. Toute son activité n'était d'ailleurs pas uniquement destinée à gagner des millions. C'était une quête passionnée pour rendre le monde meilleur et plus accueillant pour de moins fortunés que lui. Avec son argent, il aidait les autres à échapper à la vie triste et misérable qu'il avait connue.

Après sa douche, Giselle descendit au rez-de-chaussée. Là, Marietta l'informa qu'il était dans son bureau en train de téléphoner.

— J'ai servi le petit déjeuner à l'intérieur aujourd'hui, ajouta-t-elle. Il va sûrement pleuvoir.

— *Grazie*, Marietta, dit Giselle en s'installant dans la petite salle à manger.

Avec une agaçante sensation de déjà-vu, elle aperçut les journaux posés sur une console. En première page du quotidien italien, on voyait une photo d'Emilio et elle quittant le rayon puériculture d'un grand magasin. Le cœur battant, elle prit le journal anglais, qui reproduisait la même photo, sous un gros titre accrocheur :

Prise de panique, Giselle devint brûlante, puis glacée. Il lui sembla que son cœur s'arrêtait de battre. On violait de nouveau son intimité. Elle n'avait plus de vie privée.

— Je suis désolé, dit Emilio en la rejoignant à ce moment-là. Je voulais m'assurer qu'on avait trouvé une place pour Daniela en cure de désinto…

Il s'interrompit brusquement.

— *Cara* ? Qu'y a-t-il ?

Giselle lui tendit les journaux.

— Je ne peux pas vivre comme cela, s'exclama-t-elle. J'en suis incapable.

Emilio jeta un coup d'œil sur les quotidiens et les reposa.

— Ce sont de simples suppositions. Tu sais bien comment sont les journalistes.

— Moi, j'appelle cela du harcèlement. C'est une pression insupportable.

— *Cara*, il ne faut pas le prendre ainsi.

— Je me sens coincée de tous les côtés. Tu as tellement envie d'une famille, toi aussi…

— C'est vrai, mais je ne te brusquerai pas. Nous irons très doucement, pour te laisser le temps de t'habituer…

— Arrête ! cria Giselle en se bouchant les oreilles. Je ne veux pas en entendre parler.

— Giselle, tu réagis de manière excessive.

— Ne me dis pas des choses pareilles ! s'écria-t-elle, au bord de l'hystérie.

La seule évocation du sujet la mettait dans une panique effroyable.

— Je t'ai vu, avec l'ours en peluche, lança-t-elle sur un ton accusateur en s'efforçant de contrôler ses émotions.

Il fronça les sourcils.

— Quel ours en peluche ?

— Celui avec le tutu rose, dans l'usine où nous sommes allés l'autre jour.

Elle dut s'interrompre un instant tant son cœur cognait dans sa poitrine.

— Ton expression t'a trahi. J'ai compris tout de suite combien tu avais envie d'un autre bébé.

— *Cara*, dit-il d'une voix apaisante. Nous en reparlerons une autre fois. Pour l'instant, tu es sous le choc, et je le comprends parfaitement. Tu seras probablement dans d'autres dispositions d'ici quelques jours.

— Non ! protesta-t-elle vigoureusement. Je ne changerai jamais d'avis. Il faut que tu l'acceptes une fois pour toutes.

Elle vit Emilio serrer les poings.

— Giselle, ne discutons pas tant que tu es dans cet état.

— Je suis dans mon état normal ! hurla-t-elle. Je ne peux pas, Emilio, et je ne le ferai pas. Je ne supporterai pas d'être embarquée de force dans une relation déstabilisante. Ne cherche pas à m'influencer.

Elle cessa brusquement de faire les cent pas et s'arrêta devant lui en prenant une profonde inspiration.

— Je veux rentrer chez moi, déclara-t-elle impulsivement.

Il ne réagit pas. Ses yeux d'un noir d'onyx restèrent impénétrables. Seule une veine qui battait plus vite à la base de son cou trahissait le tumulte de ses émotions.

— Tu es libre de partir quand tu veux, Giselle. Je ne te retiens pas de force.

Elle s'humecta les lèvres, avec l'impression que son cœur s'arrêtait.

— Qu'as-tu dit ?

— Pars si tu en as envie. Je vais dire à Marietta de s'occuper de tes bagages pendant que je te réserve un vol.

— Mais… Le mois n'est pas terminé. Et… l'argent ?

— Je te le verserai jusqu'au dernier centime, répondit-il avec une petite grimace. Tu ne me dois rien.

Giselle se demanda si elle avait vraiment bien compris. Il acceptait de la laisser s'en aller sans la moindre protestation ? Après la nuit merveilleuse qu'ils venaient de vivre ? Tout ce qu'ils avaient partagé durant ces quinze jours ne comptait donc pas ? Ni les confidences d'Emilio la veille, à cœur ouvert ? S'il lui avait livré le terrible secret de son enfance, c'était qu'il tenait à elle. Mais dans ce cas, pourquoi se résignait-il aussi facilement à son départ ?

— Je ne comprends pas…

— Je t'enverrai un juriste pour régler les détails concernant la commercialisation de ta marque, annonça-t-il.

Son ton froid et détaché de businessman contrastait avec les émotions en dents de scie de Giselle.

— Tu seras propriétaire de l'entreprise et tu pourras employer du personnel quand l'affaire aura pris de l'ampleur, poursuivit-il. J'ai engagé un informaticien pour créer un site internet et le gérer par la suite. Dès qu'il sera opérationnel, les gens pourront commencer à acheter en ligne.

Giselle était incapable de penser de façon cohérente. Une seule idée l'obsédait : Emilio voulait qu'elle s'en aille. Sinon, il lui aurait demandé de rester. Lui en voulait-il encore de lui avoir caché l'existence de leur bébé ? Ses aveux de la veille au soir avaient-ils ranimé la rancœur qui le minait depuis toujours parce qu'il n'avait pas connu son père ?

Non, c'était autre chose, comprit-elle avec un haut-le-cœur.

Il ne l'aimait pas.

Il ne l'avait jamais aimée. Il ne l'aimerait jamais.

— Cela ne risque-t-il pas de provoquer un nouveau scandale ? demanda-t-elle, se raccrochant désespérément au premier prétexte venu.

Il haussa les épaules.

— Ne t'inquiète pas pour cela. Je publierai un communiqué pour annoncer notre rupture définitive. On te laissera tranquille. Je vais demander à Luigi de t'emmener à l'aéroport.

— Donc…

Elle s'éclaircit la voix pour essayer de paraître aussi naturelle et désinvolte que lui.

— … le moment est venu de nous dire adieu.

Oh ! comme il lui en coûtait de prononcer cette phrase ! « Retiens-moi ! s'écria-t-elle intérieurement. Ne me renvoie pas de nouveau loin de toi. Je t'en prie ! »

L'expression d'Emilio demeura impénétrable.

— Oui, répondit-il simplement.

Elle hocha la tête. Il n'y avait plus rien à faire. Elle lui avait dit qu'elle voulait partir, et il l'avait prise au mot. Qu'attendait-elle ? De toute manière, elle n'était pas venue ici de son plein gré, mais contrainte et forcée.

Alors pourquoi, en quittant la pièce, eut-elle l'impression que le monde, une nouvelle fois, s'écroulait ?

Trois semaines plus tard…

Giselle disposait de nouvelles créations dans sa vitrine lorsque Hilary entra. Giselle ne l'avait pas encore revue depuis son retour d'Italie. Elle lui avait juste parlé au téléphone, mais leur conversation avait été très froide, raidie par la gêne qui s'était installée entre elles depuis que Giselle avait appris qu'elle n'était pas sa mère.

— Tu as bien arrangé ta boutique, c'est très joli, commenta Hilary.

— Merci.

Un silence suivit.

— Tu as encore maigri, Giselle, reprit Hilary. N'est-ce pas un peu trop pour toi, ce développement d'activité ?

— Non, cela me plaît beaucoup.

Avec un soupir, Hilary examina une brassière brodée d'une rangée de petits lapins.

— Tu es encore fâchée et contrariée, et je ne t'en blâme pas. Ton père a eu tort d'agir ainsi.

Giselle lui fit face.

— Pas uniquement lui. Toi aussi, tu as vécu dans le mensonge.

Les yeux d'Hilary se remplirent de larmes tandis qu'elle portait le minuscule vêtement contre sa joue.

— Je sais. Et j'avais constamment peur que la vérité éclate. Je voulais tout t'expliquer dès le départ, mais ton père s'y est opposé. Je ne faisais pas du tout confiance à Nell Baker. Je vivais dans la terreur qu'elle débarque un jour pour te reprendre avec elle. Cela m'empêchait d'être tendre avec toi. Je gardais mes distances parce que ta mère biologique pouvait t'arracher à moi n'importe quand.

Giselle n'avait jamais vu sa mère pleurer. Très collet monté, Hilary avait toujours été parfaitement maîtresse d'elle-même et de ses émotions.

— Je n'ai jamais eu l'impression que tu m'aimais vraiment, dit Giselle tristement.

— Oh ! ma chérie ! Alors que je t'aimais tellement, au contraire. J'ai aimé tous mes bébés...

Giselle fronça les sourcils.

— De quoi parles-tu ?

Sa mère adoptive baissa la tête en poussant un long soupir.

— J'ai fait quatre fausses couches durant les deux premières années de notre mariage. J'ai ressenti cela comme un terrible échec. Chaque fois, tous mes espoirs de maternité s'effondraient.

— Pourquoi ne m'as-tu rien dit quand Lily est morte ? demanda Giselle, stupéfaite par cet aveu.

Hilary se mit à trembler.

— J'ai perdu mes bébés alors qu'ils n'étaient que des embryons de quelques semaines. Ce n'était rien en comparaison de ce que tu as vécu. Moi, je n'ai jamais vraiment été mère. Toi, tu l'as été durant quelques heures.

Les larmes se mirent à couler sur les joues de Giselle sans qu'elle puisse rien faire pour les arrêter.

— Tu as été ma mère, dit-elle. La seule que j'ai eue et je t'aime.

Hilary la serra dans ses bras.

— Je t'aime aussi, ma fille. Je t'aime aussi.

Quittant l'écran de son ordinateur, Emilio se leva pour regarder par la fenêtre de son bureau. Presque un mois s'était écoulé depuis le départ de Giselle, et il n'arrivait toujours pas à se concentrer sur son travail. Il ne dormait pas plus de deux heures d'affilée et n'avait pas mangé un vrai repas depuis longtemps. Il vivait comme un automate.

Sa vie était vide, comme lui-même.

Le temps aussi était maussade. Après un début de printemps prometteur, le soleil se cachait des journées entières derrière de gros nuages gris. Un crachin persistant rappelait constamment à Emilio la tristesse de son âme.

Il n'avait pas pleuré depuis l'âge de six ans, lorsqu'une assistante familiale particulièrement insensible lui avait dit que sa mère ne reviendrait pas. Mais il lui suffisait maintenant de regarder les photos de sa fille pour avoir la larme à l'œil.

Avec Giselle, il avait fait de son mieux. Devant sa profonde détresse à l'idée d'avoir un autre enfant, il n'avait pas eu d'autre option que de lui rendre sa liberté. Mais comme il avait souffert ! Et malheureusement la douleur, loin de s'estomper, était toujours aussi vive.

Elle lui avait envoyé un e-mail pour le remercier de son aide dans le domaine professionnel. Pendant un long moment, il avait cherché entre les lignes la trace d'une émotion. Vainement. De toute façon, si elle l'avait aimé, elle n'aurait pas saisi la première occasion pour le quitter.

Quand sa secrétaire lui apporta son café de l'après-midi, il ne se retourna même pas.

— Posez-le sur le bureau.

— Il y a un paquet pour vous, en recommandé, avec la mention « personnel ».

— Quel est le nom de l'expéditeur ?

— La *signorina* Carter.

Le cœur d'Emilio se comprima comme dans un étau.

— Laissez-le avec mon café, Carla. Ce sera tout pour aujourd'hui. Vous pouvez prendre le reste de l'après-midi.

— Mais nous devions travailler sur le projet Venturi ? L'échéance se rapproche…

Emilio haussa négligemment les épaules.

— Je m'y mettrai plus tard. S'ils ne sont pas contents, ils iront voir ailleurs.

— *Sì, signor*, obtempéra Carla avant de refermer la porte derrière elle.

Après son départ, Emilio passa l'index sur l'écriture de Giselle. Elle lui renvoyait probablement les bijoux qu'il lui avait offerts. Il s'étonnait même qu'elle ne les ait pas laissés en partant.

Le paquet était soigneusement emballé avec du ruban

adhésif. Il aurait pu utiliser un cutter pour l'ouvrir, mais il préféra le dérouler méthodiquement pour poser les doigts là où ceux de Giselle s'étaient posés eux aussi, même si cela lui paraissait ridiculement sentimental. A l'intérieur d'une boîte en carton, au milieu de billes de polystyrène, il vit un objet entouré de papier de soie.

Les mains tremblantes, Emilio découvrit la petite couverture rose brodée qui avait enveloppé Lily le temps de sa courte vie. Avec une émotion intense, il la tint délicatement dans ses mains.

Une feuille de papier plié en quatre accompagnait l'envoi.

« Tu m'avais dit qu'un jour viendrait où je pourrais lui dire au revoir. Tu avais raison. Giselle. »

Emilio était bouleversé. Il n'avait pas assisté à la naissance de son enfant ni à sa mort atrocement prématurée, mais Giselle lui offrait le privilège de conserver cet objet précieux qui lui avait appartenu. Cela représentait un immense sacrifice. Elle lui donnait ce qu'elle avait de plus cher au monde. Elle lui donnait son cœur.

Un éclair de lucidité le frappa brutalement.

Elle lui donnait son cœur !

Dìo, qu'avait-il fait ? Il l'avait renvoyée loin de lui alors qu'il souhaitait au contraire la garder. Pourquoi n'avait-il pas eu le courage de ses sentiments ? Qu'aurait-il risqué à lui parler ? Même si elle s'en était tenue à sa décision, il n'aurait pas été rongé à ce point par les regrets. Giselle était la seule femme qu'il avait jamais aimée et qu'il aimerait jamais. Elle méritait de le savoir.

Il avait fait preuve d'une lâcheté inqualifiable. C'était indigne de lui de se renfermer sur lui-même comme le petit garçon abandonné qu'il avait été. Il s'était laissé dominer par la peur, n'osant même pas s'avouer à lui-même ce qu'il ressentait.

Comment avait-il pu être aussi stupide ? Aveugle et entêté de surcroît ?

Il appuya sur le bouton de l'Interphone.

— Carla ? Vous êtes encore là ?

— *Sì*. Je range mes affaires avant de partir.

— Réservez-moi un vol pour Sydney, s'il vous plaît. Le plus tôt possible.

— Une nouvelle affaire urgente, *signor* Andreoni ?

— Non, c'est personnel.

Il s'agissait de sa vie. De son amour.

Quand le taxi se gara devant la boutique, Emilio aperçut immédiatement la pancarte « FERMÉ ». Dans sa hâte, il avait oublié le décalage horaire. Il n'était que 7 h 30 du matin. Il aurait peut-être dû téléphoner avant, mais il avait trop envie de la voir…

Il donna au chauffeur l'adresse personnelle de Giselle et répéta son petit discours pendant le trajet. Il y avait réfléchi durant tout le voyage. Et au final il se résumait à trois mots : je t'aime.

En arrivant dans sa rue, il eut un coup au cœur. Un panneau « VENDU » était accroché devant son appartement. Il descendit en trombe et appuya comme un fou sur la sonnette. Puis il s'approcha d'une fenêtre pour essayer de voir à l'intérieur à travers les stores tirés. Apparemment, il n'y avait personne.

— Je peux vous aider ? demanda une vieille dame qui promenait son chien.

— Je cherche Giselle Carter.

— Elle est partie il y a un petit moment.

— Partie ? répéta Emilio, paniqué.

— Oui. Elle prend des vacances avant d'emménager dans sa nouvelle maison. Elle doit rejoindre sa mère et sa sœur dans le Queensland. Sur une île, je ne sais plus laquelle.

Emilio grommela intérieurement. Il y avait des centaines d'îles dans le Queensland. Comment diable allait-il la retrouver ?

— Quand est-elle partie ?

— Il y a à peu près une demi-heure. Vous l'avez ratée de peu.

— Savez-vous sur quelle compagnie aérienne elle voyage ? demanda Emilio en retournant vers le taxi. C'est vraiment important. J'ai besoin de la voir. Je l'aime. Je veux l'épouser.

La vieille dame lui sourit.

— Je viens de me souvenir du nom de l'île. C'est Hamilton Island.

Dès qu'il eut passé les contrôles de sécurité, Emilio se précipita à la porte d'embarquement. Hélas, il n'y avait plus personne dans le salon d'attente.

Il arrivait trop tard.

Il avança en titubant jusqu'à la paroi vitrée. L'avion reculait afin de se mettre en position pour le décollage. Avec la sensation d'étouffer, Emilio appuya son front contre la vitre.

Il arrivait trop tard.

Un profond désespoir qu'il connaissait trop bien s'abattit sur lui. C'était la même sensation qu'il avait éprouvée à quatre ans, sur les marches où sa mère l'avait abandonné. L'avenir était incertain, et il n'avait personne vers qui se tourner. De nouveau, un vide immense s'ouvrait sous ses pieds…

— Emilio ?

Ses cheveux se dressèrent sur sa nuque. Il était probablement victime d'une hallucination, tout comme autrefois, lorsque cent fois il avait eu l'impression d'entendre la voix de sa mère, pendant les longues heures terrifiantes où il avait guetté son retour.

Il se retourna lentement. Giselle était debout devant lui, pâle comme un fantôme. Il cligna plusieurs fois les yeux mais elle ne disparut pas.

— Tu as vendu ton appartement, remarqua-t-il stupidement, sans rien trouver d'autre à dire.

— Oui. J'ai besoin de changement.

Il indiqua l'avion d'un signe de tête.

— Je croyais que tu étais sur ce vol.

Décidément, il débitait des banalités… Il se maudit intérieurement et s'exhorta au calme.

— Non. Le mien décolle dans quarante minutes. Je vais à Heron Island. Ma mère et moi devons y rejoindre Sienna. Cela nous donnera l'occasion de mieux nous connaître, toutes les trois.

— Oh… Ta voisine m'a parlé d'Hamilton Island. Quand je suis arrivé, tous les passagers avaient embarqué…

Il s'interrompit. Plus il parlait, plus il se sentait idiot, malgré ses bonnes résolutions.

Giselle se mordit la lèvre comme une collégienne timide et empruntée.

— Je revenais des toilettes quand je t'ai vu là, tout seul. J'ai d'abord cru que mon imagination me jouait des tours. Que fais-tu ici ?

— Je voulais te voir. Je voulais te remercier… de m'avoir confié la couverture de notre fille.

Une ombre passa sur le visage de Giselle.

— Lily a été conçue en Italie, murmura-t-elle. Il m'a semblé approprié de renvoyer là-bas ce qui me restait d'elle.

Submergé par une émotion qu'il ne contrôlait plus, Emilio essuya ses yeux humides.

— Cela ne va pas te manquer ?

— C'est à ton tour de l'avoir avec toi, articula-t-elle d'une voix hachée.

— Nous devrions l'avoir tous les deux. Ta place est avec nous. Je t'aime. Je t'ai toujours aimée. Reviens à la maison, *cara*. Auprès de moi.

Elle hésita une fraction de seconde avant de se jeter dans ses bras en sanglotant. Emilio crut que son cœur allait bondir hors de sa poitrine. Il ne s'était jamais senti aussi proche d'aucun être humain.

— *Il mio prezioso*, chuchota-t-il. Mon trésor. J'ai eu si peur de t'avoir perdue pour toujours…

Giselle s'agrippa de toutes ses forces aux épaules d'Emilio, pour s'assurer qu'il était bien réel et n'allait pas se volatiliser comme un mirage. Avait-il véritablement prononcé ces mots merveilleux ? Elle le dévisagea à travers ses larmes.

— Tu m'aimes vraiment ? demanda-t-elle. Ce ne sont pas des paroles en l'air ?

Il lui prit la main pour la presser contre son cœur.

— Je t'aime, *tesoro mio*. Sans toi, ma vie n'a aucun sens. Je n'ose imaginer ce que je deviendrai si tu refuses de te marier avec moi. Tu veux bien m'épouser ?

Elle lui sourit, pleine d'une joie incommensurable.

— Bien sûr ! Rien ne pourrait me faire plus plaisir. Je t'aime, Emilio.

Il la serra de nouveau contre lui, presque sauvagement.

— Tu es tout pour moi, *cara*. J'ai honte en pensant à tout le temps qu'il m'a fallu pour m'en rendre compte. Me pardonneras-tu jamais tant de lenteur ? Me pardonneras-tu jamais d'avoir douté de toi ?

— Ne te torture plus. Nous avons tous les deux été victimes de circonstances indépendantes de notre volonté.

Emilio s'écarta légèrement afin de contempler le beau visage de sa future femme.

— Je me suis comporté comme un idiot. Pourquoi ne m'en suis-je pas simplement tenu à ce que je savais de toi, de tes valeurs, de ta force de caractère ? Et après, pour ajouter l'insulte à la blessure, je t'ai ramenée dans ma vie par la contrainte. Je voulais repartir de zéro, mais tu m'as appris que ce n'est pas toujours possible. Nos souffrances et nos erreurs, ainsi que les coups que nous avons reçus, font partie de nous. On ne peut pas les effacer. Ils ont forgé notre personnalité.

Giselle lui caressa doucement la joue.

— Je t'aime tel que tu es. Totalement.

Il appuya son front contre le sien.

— *Cara*, J'ai autre chose de très important à te dire. Si tu ne veux pas d'autre bébé, cela ne fait rien. Les enfants du foyer m'accaparent déjà bien assez. De toute façon, ta présence suffit largement à mon bonheur.

De nouveau, Giselle refoula ses larmes.

— Jusqu'à présent, une nouvelle grossesse était pour moi impensable. J'avais bien trop peur. Mais avec toi près de moi, je suis prête à tout. Avec ton soutien, j'affronterais n'importe quoi.

Il prit tendrement son visage entre ses mains.

— Je te promets de ne jamais te quitter. Je serai toujours là quand tu auras besoin de moi. Je t'aimerai et te protégerai corps et âme jusqu'à la fin de mes jours.

Giselle ferma les paupières tandis qu'il scellait sur ses lèvres un baiser de promesse et d'espoir. Elle s'abandonna avec ravissement à son étreinte, avec la sensation d'avoir trouvé sa place.

Sienna Baker était assise au bord de la piscine de l'hôtel de Heron Island, en train de siroter un cocktail de jus de fruits, quand son téléphone vibra. En plissant les yeux contre le soleil éblouissant, elle lut le texto de sa sœur jumelle.

Sienna, désolée, petit changement de programme. Maman arrive, mais je pars en Italie préparer mon mariage. Acceptes-tu d'être mon témoin ? Giselle

Du nouveau dans votre collection
Azur

Découvrez la nouvelle mini série
de Melanie Milburne

Séparées à la
naissance, Sienna
et Gisele ignoraient
tout l'une de l'autre.
Aujourd'hui, un
événement incroyable
les a réunies.

Mais ce n'est pas la
seule bouleversante
surprise que l'avenir
leur réserve…

2 romans inédits
à découvrir en <u>avril et mai</u> 2014

Rendez-vous dans vos points de vente habituels
ou sur www.harlequin.fr

collection Azur

Ne manquez pas, dès le 1er mai

CAPTIVE SUR CONTRAT, *Annie West* • N°3465

Mariage Arrangé

Epouser un inconnu ? A cette idée Leila est d'abord horrifiée. Mais très vite, elle se demande si ce n'est pas la chance qu'elle a tant attendue : puisque ce mariage n'est qu'un arrangement financier entre sa famille et le richissime homme d'affaires Joss Carmody, ce dernier acceptera sans doute de la laisser mener une vie indépendante sitôt le mariage célébré. Elle pourra enfin avoir le petit appartement, bien à elle, dont elle a toujours rêvé et, pourquoi pas, faire des études ? Mais, lorsque son regard croise pour la première fois celui de son futur époux, Leila sent l'angoisse l'envahir. Derrière ces traits parfaits et ce regard bleu acier, elle devine un homme implacable. Un homme qui ne laissera jamais son épouse, même de convenance, lui échapper…

PIÉGÉE PAR UN SÉDUCTEUR, *Carole Mortimer* • N°3466

S'occuper de l'aménagement du loft new-yorkais de Marcos Lyonnedes, le célèbre play-boy ? Pour Eva, c'est tout simplement inenvisageable. Depuis son divorce, elle met un point d'honneur à rester aussi éloignée que possible des séducteurs dans son genre. Mais lorsque Marcos l'accuse d'un ton plein de mépris de se montrer superficielle en le jugeant ainsi sur sa réputation, elle ne peut s'empêcher de se sentir terriblement vexée – et un peu honteuse. Au point qu'elle décide d'accepter son offre. Mais elle entend bien en profiter pour lui donner une bonne leçon et lui prouver que son charme légendaire n'agit pas sur elle. Une résolution qui se révèle, de jour en jour, plus dure à tenir…

UN LIEN SI SECRET, *Lynn Raye Harris* • N°3467

Enfant Secret

Cinq ans plus tôt, déterminée à sauver l'entreprise familiale, Caroline Sullivan a fait le choix le plus difficile de sa vie : renoncer à Roman Kazarov, l'homme qu'elle aimait éperdument, pour en épouser un autre. Aussi, lorsqu'elle apprend que Roman est aujourd'hui sur le point de racheter l'entreprise qu'elle dirige à présent, Caroline ne se fait pas d'illusion : il est venu se venger. Et si elle tremble pour l'avenir de l'enseigne de luxe dans laquelle sa famille a mis toute son énergie et ses espoirs, une autre angoisse, bien plus terrible, l'étreint bientôt : que se passera-t-il si Roman découvre l'existence de Ryan, leur fils de quatre ans, dont elle n'a jamais trouvé le courage de lui parler ?

LE SCANDALE EN HÉRITAGE, *Caitlin Crews* • N°3468

Depuis qu'elle a été engagée comme assistante du prince héritier de Kitzina, Adriana est aux anges : elle adore son travail qui lui permet d'œuvrer pour le bien du royaume. Et n'est-ce pas là son devoir, à elle, la descendante d'une longue lignée d'aristocrates égoïstes et sans morale ? Mais lorsqu'elle apprend que sa prochaine mission consiste à veiller sur le jeune frère de son patron, le prince Pato, dont la vie dissolue s'étale dans tous les tabloïds d'Europe, Adriana sent son sang se glacer. Play-boy cynique et arrogant, Pato représente tout ce qu'elle déteste, mais aussi tout ce qu'elle s'interdit. Car il lui suffit de croiser son regard brûlant, pour ressentir un désir aussi insensé que dangereux...

POUR QUELQUES HEURES DE PASSION, *Natalie Anderson* • N°3469

Une plage déserte, un ciel bleu azur... Si quelqu'un lui avait prédit qu'elle vivrait un jour l'expérience la plus éblouissante de sa vie dans ce décor de rêve, dans les bras d'un inconnu, Kelsi aurait éclaté de rire. Elle, toujours si raisonnable ? Impossible ! Après une enfance mouvementée, elle sait exactement ce qu'elle attend de la vie : de la stabilité. Ce que Jack Greene, toujours entre deux pays – et probablement entre deux femmes –, ne pourra jamais lui offrir. Aussi Kelsi est-elle bien décidée à tout faire pour oublier ce moment d'égarement. Mais lorsqu'elle découvre, quelque temps plus tard, qu'elle est enceinte, Kelsi comprend qu'elle va devoir affronter cet homme qui la trouble toujours aussi profondément...

UN ENVOÛTANT MILLIARDAIRE, *Christina Hollis* • N°3470

Dire qu'elle a failli céder à la passion entre les bras de Marco Rossi, le milliardaire italien qui vient de l'engager pour s'occuper de son neveu de cinq ans ! Cheryl n'en revient pas. Après une première expérience sentimentale désastreuse, ne s'était-elle pas juré de se tenir à distance de la gent masculine ? Et son nouveau patron, avec sa stature athlétique, son charisme fou et son regard brûlant, est sans doute le plus dangereux des hommes qu'elle ait jamais rencontrés... Dès lors, Cheryl n'a plus qu'une idée : fuir le soleil toscan et regagner au plus vite son Angleterre natale. Hélas, comment le pourrait-elle alors que l'adorable petit garçon dont elle a la charge, déjà si bouleversé par la perte de ses parents, a tant besoin d'elle ?

LA BRÛLURE DU DÉSIR, *Kate Hewitt* • N°3471

« Tu as envie de m'embrasser, Jason ? » Depuis cinq ans, Jason Kingsley a tout fait pour oublier l'intonation rauque de la voix d'Emily le soir où elle lui a fait cette proposition. À l'époque, elle était si jeune, si innocente : comment aurait-il pu trahir l'amitié entre leurs deux familles en la faisant sienne ? Mais aujourd'hui, Emily est devenue une femme indépendante et sûre d'elle. Une femme plus désirable encore... Avant de se lancer à la recherche d'une épouse susceptible de lui donner un héritier, n'est-ce pas le moment d'assouvir enfin son désir pour la femme qui occupe ses pensées depuis si longtemps ? Ensuite, il se le promet, il reprendra sa quête de l'épouse parfaite...

UN SI TROUBLANT TÊTE-À-TÊTE, Sharon Kendrick • N°3472

Puisque son patron, victime d'un accident de voiture, a besoin de repos, Isobel sait exactement ce qu'il lui faut : une semaine loin de tout dans le petit cottage qu'elle possède dans la campagne anglaise. Mais, très vite, la présence de Tariq chez elle, dans l'intimité de cette maison, la trouble au plus haut point. Un trouble auquel elle ne peut céder. Hors de question, en effet, de sacrifier son travail, qu'elle aime tant, et la vie qu'elle s'est construite, pour une simple nuit d'amour. Si elle veut garder l'estime professionnelle de Tariq, et ne pas devenir une anonyme dans la longue liste de ses maîtresses, Isobel doit à tout prix résister à la promesse de plaisirs insensés qu'elle lit dans son regard...

LA VENGEANCE D'UN HÉRITIER, Mélanie Milburne • N°3473

- Héritières Secrètes - 2ème partie

« Le château de Chalvy vous revient à tous deux, si vous vivez légalement comme mari et femme pendant six mois. » A ces mots, Andreas Ferrante sent son sang se glacer. Comment son père a-t-il osé léguer la propriété familiale à la fille de sa maîtresse ? Et surtout, comment peut-il exiger qu'il épouse cette intrigante de Sienna Baker ? Jamais il n'oubliera l'image de la jeune femme, presque nue, le jour où elle a voulu le séduire avant de l'accuser de chercher à abuser d'elle ! Mais puisqu'il n'a pas le choix, il va non seulement se plier à la volonté de son père, mais en profiter pour oublier définitivement Sienna. Et quel meilleur moyen d'y parvenir que de l'attirer – enfin – dans son lit, et selon ses propres termes cette fois ?

LA FIANCÉE DE LUCA CORRETTI, Sarah Morgan • N°3474

- La fierté des Corretti - 2ème partie

Dans le monde cruel d'Hollywood, Taylor Carmichael sait que sa réputation est son bien le plus précieux. Aussi, lorsqu'une photo du baiser brûlant qu'elle a échangé, sur un coup de tête, avec le beau Luca Corretti paraît dans la presse, elle s'invente des fiançailles secrètes avec le scandaleux play-boy. Un mensonge ridicule, qu'il ne tardera sans doute pas à démentir... Mais contre toute attente, Luca se plie au jeu, visiblement convaincu qu'il pourra, avec ces fiançailles, faire oublier sa vie de séducteur. Bientôt, pourtant, une terrible angoisse étreint Taylor : n'a-t-elle pas bien plus à perdre que sa réputation dans cette comédie ? Car Luca semble avoir le don d'abattre les défenses qu'elle a passé des années à ériger autours de son cœur...

Attention, numérotation des livres différente
pour le Canada : numéros 1902 à 1911.

www.harlequin.fr

Composé et édité par les

éditions **HARLEQUIN**

Achevé d'imprimer en mars 2014

CPi

BRODARD & TAUPIN

La Flèche
Dépôt légal : avril 2014

Imprimé en France